Patricio Pron

El espíritu de mis padres
sigue subiendo en la lluvia

Patricio Pron es autor de los volúmenes de
relatos *Hombres infames*, *El vuelo magnífico de la*
noche, *El mundo sin las personas que lo afean y lo*
arruinan y *Trayéndolo todo de regreso a casa*; y de las
novelas *Formas de morir*, *Nadadores muertos*, *Una*
puta mierda y *El comienzo de la primavera*, ganadora
del Premio Jaén de Novela y distinguida por la
Fundación José Manuel Lara como una de las
cinco mejores obras publicadas en España ese
año. Ha sido premiado en numerosas ocasiones,
y en 2010, fue seleccionado por la revista *Granta*
como uno de los veintidós mejores escritores
jóvenes en español.

D1361973

El espíritu de mis padres
sigue subiendo en la lluvia

El espíritu de mis padres
sigue subiendo en la lluvia

Patricio Pron

Vintage Español
Una división de Random House, Inc.
Nueva York

PRIMERA EDICIÓN VINTAGE ESPAÑOL, ABRIL 2013

Copyright © 2011 por Patricio Pron

Vintage ISBN: 978-0-345-80412-9

Para venta exclusiva en EE.UU., Canadá, Puerto Rico y Filipinas.

www.vintageespanol.com

Impreso en los Estados Unidos de América
10   9   8   7   6   5   4   3   2   1

They are murdering all the young men.
For half a century now, every day,
They have hunted them down and killed
them.
They are killing them now. At this minute,
all over the world,
They are killing the young men.
They know ten thousand ways to kill them.
Every year they invent new ones.

[Están matando a todos los jóvenes.
Desde hace medio siglo, cada día,
los han cazado y matado.
Los están matando ahora. En este mismo
instante, en todo el mundo,
están matando a los jóvenes.
Conocen diez mil maneras de matarlos.
Todos los años inventan nuevas formas.]

KENNETH REXROTH,
«Thou Shalt Not Kill:
A Memorial for Dylan Thomas»

*El espíritu de mis padres
sigue subiendo en la lluvia*

I

[…] the true story of what I saw and how I saw it […] which is after all the only thing I've got to offer.

[La verdadera historia de lo que vi y cómo lo vi (…) que es, después de todo, lo único que tengo para ofrecer.]

Jack Kerouac

1

Entre marzo o abril de 2000 y agosto de 2008, ocho años en los que viajé y escribí artículos y viví en Alemania, el consumo de ciertas drogas hizo que perdiera casi por completo la memoria, de manera que el recuerdo de esos años –por lo menos el recuerdo de unos noventa y cinco meses de esos ocho años– es más bien impreciso y esquemático: recuerdo las habitaciones de dos casas donde viví, recuerdo la nieve metiéndose dentro de mis zapatos cuando me esforzaba por abrir un camino entre la entrada de una de esas casas y la calle, recuerdo que luego echaba sal y la nieve se volvía marrón y comenzaba a disolverse, recuerdo la puerta del consultorio del psiquiatra que me atendía pero no recuerdo su nombre ni cómo di con él. Era ligeramente calvo y solía pesarme cada vez que visitaba su consulta, supongo que una vez al mes o algo así. Me preguntaba cómo me iba y luego me pesaba y me daba más pastillas. Unos años después de haber dejado aquella ciudad alemana, regresé y rehíce el camino hacia la consulta de aquel psiquiatra y leí su nombre en la placa que había junto a los otros timbres de la casa, pero el suyo era solo un nombre, nada que explicase por qué yo le había visitado ni por qué él me había pesado cada vez que me había visto, ni cómo podía ser que yo hubiera dejado que mi memoria se fuera así, por el fregadero; aquella vez me dije que podía tocar a su puerta y preguntarle por qué yo le había visitado y qué había pasado conmigo durante esos años, pero después consideré que tendría que haber pedido una cita previa, que el psiquiatra no debía de recordarme de todas maneras, y que, además, yo no tengo curiosidad sobre mí mismo realmente. Quizá un día un hijo mío quiera saber quién fue su padre y qué hizo durante esos ocho años en Alemania y vaya a la ciudad y la recorra, y, tal vez, con las indicaciones de su padre, pueda llegar a la consulta del psiquiatra y averiguarlo todo. Un día, supongo, en algún momento, los hijos tienen necesidad de saber quiénes fueron sus padres y se lanzan a averiguarlo. Los hijos son los detectives de los padres, que los arrojan al mundo para que un día regresen a ellos para contarles su historia y, de esa manera, puedan comprenderla. No son sus jueces, puesto que no pueden juzgar con verdadera imparcialidad a padres a quienes se lo deben todo, incluida la vida, pero sí pueden intentar poner orden en su historia, restituir el sentido que los acontecimientos más o menos pueriles de la vida y su acumulación parecen haberle arrebatado, y luego proteger esa historia y perpetuarla en la memoria. Los hijos son los policías de sus padres, pero a mí no me gustan los policías. Nunca se han llevado bien con mi familia.

2

Mi padre enfermó al final de ese período, en agosto de 2008. Un día, supongo que el de su cumpleaños, llamé a mi abuela paterna. Mi abuela me dijo que no me preocupara, que habían llevado a mi padre al hospital solo para un control de rutina. Yo le pregunté que a qué se refería. Un control de rutina, nada importante, respondió mi abuela; no sé por qué se alarga, pero no es importante. Le pregunté cuánto tiempo hacía que mi padre estaba en el hospital. Dos días, tres, respondió. Cuando colgué con ella llamé a la casa de mis padres. No había nadie allí. Entonces llamé a mi hermana; me contestó una voz que parecía salida del fondo de los tiempos, la voz de todas las personas que habían estado alguna vez en el pasillo de un hospital esperando noticias, una voz que suena a sueño y a cansancio y a desesperación. No quisimos preocuparte, me dijo mi hermana. Qué ha pasado, pregunté. Bueno, respondió mi hermana, es demasiado complicado para contártelo ahora. Puedo hablar con él, pregunté. No, él no puede hablar, respondió ella. Voy, dije, y colgué.

4

Mi padre y yo no hablábamos desde hacía algún tiempo. No era nada personal, simplemente yo no solía tener un teléfono a mano cuando quería hablar con él y él no tenía donde llamarme si alguna vez pensaba en hacerlo. Unos meses antes de que enfermara, yo había dejado la habitación que rentaba en aquella ciudad alemana y había comenzado a dormir en los sofás de las personas que conocía. No lo hacía porque no tuviera dinero sino por la irresponsabilidad que, suponía, traía consigo no tener casa ni obligaciones, dejarlo todo atrás de alguna forma. Y de verdad no estaba mal, pero el problema es que cuando vives así no puedes tener demasiadas cosas, así que poco a poco fui desprendiéndome de mis libros, de los pocos objetos que había comprado desde mi llegada a Alemania y de mi ropa; de todo ello solo conservé algunas camisas, y eso porque descubrí que una camisa limpia podía abrirte la puerta de una casa cuando no tenías a donde ir. Yo solía lavarlas a mano por la mañana mientras me duchaba en alguna de aquellas casas y luego las dejaba secar en el interior de alguna de las taquillas de la biblioteca del departamento de literatura de la universidad en el que trabajaba, o sobre la hierba de un parque al que solía ir a matar las horas del día antes de salir a buscar la hospitalidad y la compañía del dueño o la dueña de algún sofá. Yo, simplemente, estaba de paso.

5

En ocasiones no podía dormir; cuando eso sucedía, me levantaba del sofá y caminaba hacia la estantería de libros de mi anfitrión, siempre diferente pero también siempre, de forma invariable, ubicada junto al sofá, como si solo pudiera leerse en la incomodidad tan propia de ese mueble en el que uno nunca está completamente tendido pero tampoco adecuadamente sentado. Entonces miraba los libros y pensaba que había leído alguna vez uno tras otro sin darme pausa alguna pero que en ese momento me eran completamente indiferentes. En esas estanterías casi nunca había libros de aquellos escritores muertos a los que yo había leído alguna vez, cuando era un adolescente pobre en un barrio pobre de una ciudad pobre de un país pobre y estaba empeñado estúpidamente en convertirme en parte de esa república imaginaria a la que ellos pertenecían, una república de contornos imprecisos en la que los escritores escribían en Nueva York o en Londres, en Berlín o en Buenos Aires, y sin embargo no era de este mundo. Yo había querido ser como ellos y de esa determinación, y de la voluntad que conllevaba, habían quedado como único testimonio aquel viaje a Alemania, que era el país donde los escritores que más me interesaban habían vivido y habían muerto y, sobre todo, habían escrito, y un puñado de libros que pertenecían ya a una literatura de la que yo había querido escapar sin lograrlo; una literatura que parecía ser la pesadilla de un escritor moribundo, o, mejor aún, de un escritor argentino y moribundo y sin ningún talento; digamos, para entendernos, un escritor que no fuera el autor de *El Aleph*, alrededor del cual todos giramos inevitablemente, sino más bien el de *Sobre héroes y tumbas*, alguien que toda su vida se creyó talentoso e importante y moralmente inobjetable y en el último instante de su vida descubre que careció de todo talento y se comportó ridículamente y recuerda que almorzó con dictadores y entonces se siente avergonzado y desea que la literatura de su país esté a la altura de su triste obra para que esta tenga incluso uno o dos epígonos y no haya sido escrita en vano. Bueno, yo había sido parte de esa literatura, y cada vez que pensaba en ello era como si en mi cabeza un anciano gritara ¡Tornado! ¡Tornado! anunciando el fin de los tiempos por venir, como en un filme mexicano que había visto alguna vez; solo que los tiempos por venir habían seguido viniendo y yo solo había podido cogerme de los troncos de aquellos árboles que aún resistían al tornado dejando de escribir, dejando completamente de escribir y de leer y viendo los libros como lo que eran, lo único que yo había podido llamar alguna vez mi casa, completos desconocidos en aquel tiempo de pastillas y de sueños vívidos en que ya no recordaba ni quería recordar qué maldita cosa era una casa.

6

Una vez, cuando era niño, había pedido a mi madre que me comprara una caja de juguetes que –pero esto yo no lo sabía en aquel momento– venían de Alemania y eran producidos en las cercanías de un lugar donde yo iba a vivir en el futuro. La caja contenía una mujer adulta, un carro de la compra, dos niños, una niña y un perro, pero no contenía ningún hombre adulto y estaba, como representación de una familia –puesto que eso era–, incompleta. Naturalmente yo no lo sabía por entonces, pero había querido que mi madre me diera una familia, aunque fuera una de juguete, y mi madre solo había podido darme una familia incompleta, una familia sin padre; una vez más, una familia a la intemperie. Yo había cogido entonces un romano y lo había despojado de su armadura y lo había convertido en el padre de esa familia de juguete pero después no había sabido a qué jugar, no tenía idea de qué cosas hacían las familias y la familia que mi madre me había dado se había quedado en el fondo de un armario, los cinco personajes mirándose entre sí y quizá encogiendo sus hombros de muñecos ante su desconocimiento del papel que debían interpretar, como obligados a representar a una civilización antigua cuyos monumentos y ciudades no han sido desenterrados aún por los arqueólogos y su lenguaje no ha sido jamás descifrado.

7

Algo nos había sucedido a mis padres y a mí y a mis hermanos y había hecho que yo jamás supiera qué era una casa y qué era una familia incluso cuando todo parecía indicar que había tenido ambas cosas. Yo había intentado muchas veces en el pasado comprender qué había sido eso, pero por entonces y allí, en Alemania, ya había dejado de hacerlo, como quien acepta las mutilaciones que le ha infligido un accidente automovilístico del que nada recuerda. Alguna vez mis padres y yo habíamos tenido ese accidente: algo se había cruzado en nuestro camino y nuestro coche había dado un par de vueltas y se había salido de la carretera, y nosotros estábamos ahora deambulando por los campos con la mente en blanco, y lo único que nos unía era ese antecedente común. A nuestras espaldas había un coche volcado en la cuneta de un camino rural y manchas de sangre en los asientos y en los pastos, pero ninguno de nosotros quería darse la vuelta y mirar a sus espaldas.

9

Mientras volaba en dirección a mi padre y a algo que no sabía qué era pero daba asco y miedo y tristeza, quise recordar qué recordaba de mi vida con él. No era mucho: recordaba a mi padre construyendo nuestra casa; lo recordaba regresando de alguno de los periódicos donde había trabajado con un ruido de papeles y de llaves y con olor a tabaco; lo recordaba una vez abrazando a mi madre y muchas veces durmiéndose con un libro entre las manos, que siempre, al quedarse mi padre dormido y caer, le cubría el rostro como si mi padre fuera un muerto encontrado en la calle durante alguna guerra al que alguien había cubierto la cara con un periódico; y también lo recordaba muchas veces conduciendo, mirando hacia el frente con el ceño fruncido en la observación de una carretera que podía ser recta o sinuosa y encontrarse en las provincias de Santa Fe, Córdoba, La Rioja, Catamarca, Entre Ríos, Buenos Aires, todas esas provincias por las que mi padre nos llevaba en procura de que encontráramos en ellas una belleza que a mí me resultaba intangible, siempre procurando darle un contenido a aquellos símbolos que habíamos aprendido en una escuela que no se había desprendido aún de una dictadura cuyos valores no terminaba de dejar de perpetuar y que los niños como yo solíamos dibujar utilizando un molde de plástico que nuestras madres nos compraban, una plancha con la que, si uno pasaba un lápiz sobre las líneas caladas en el plástico, podía dibujar una casa que nos decían que estaba en Tucumán, otro edificio que estaba en Buenos Aires, una escarapela redonda y una bandera que era celeste y blanca y que nosotros conocíamos bien porque supuestamente era nuestra bandera, aunque nosotros la hubiéramos visto ya tantas veces antes en circunstancias que no eran realmente nuestras y escapaban por completo a nuestro control, circunstancias con las que nosotros no teníamos nada que ver ni queríamos tenerlo: una dictadura, un Mundial de fútbol, una guerra, un puñado de gobiernos democráticos fracasados que solo habían servido para distribuir la injusticia en nombre de todos nosotros y del de un país que a mi padre y a otros se les había ocurrido que era, que tenía que ser, el mío y el de mis hermanos.

10

Existían algunos recuerdos más pero éstos se adherían para conformar una certeza que era a su vez una coincidencia, y muchos podrían considerar esta coincidencia meramente literaria, y quizá lo fuera efectivamente: mi padre siempre había tenido una mala memoria. Él decía que la tenía como un colador, y me auguraba que yo también la tendría así porque, decía, la memoria se lleva en la sangre. Mi padre podía recordar cosas que habían sucedido hacía décadas pero, al mismo tiempo, era capaz de haber olvidado todo lo que había hecho ayer. Su vida probablemente fuera una carrera de obstáculos por eso y por decenas de otras cosas que le pasaban y que a veces nos hacían reír y a veces no. Un día llamó a casa para preguntarnos su dirección; no recuerdo si fue mi madre o alguno de mis hermanos el que levantó el teléfono y allí estaba la voz de mi padre. Dónde vivo, preguntó. Cómo, preguntó a su vez cualquiera que estuviera del otro lado del teléfono, mi madre o alguno de mis hermanos o quizá yo mismo. Que dónde vivo, volvió a decir mi padre, y la otra persona –mi madre, o mis hermanos, o yo mismo– recitó la dirección; un rato después estaba sentado a la mesa y miraba un periódico como si no hubiera sucedido nada o como si él ya hubiera olvidado lo que había sucedido. En otra ocasión tocaron el timbre; mi padre, que pasaba por allí, agarró el interfono que había junto a la cocina y preguntó quién era. Somos los Testigos de Jehová, dijeron. Los testigos de quién, preguntó mi padre. De Jehová, respondieron. Y qué quieren, volvió a preguntar mi padre. Venimos a traerle la palabra de Dios, dijeron. De quién, preguntó mi padre. La palabra de Dios, contestaron. Mi padre volvió a preguntar: Quién. Somos los Testigos de Jehová, dijeron. Los testigos de quién, preguntó mi padre. De Jehová, respondieron. Y qué quieren, volvió a preguntar mi padre. Venimos a traerle la palabra de Dios, dijeron. De quién, preguntó mi padre. La palabra de Dios, contestaron. No, esa ya me la trajeron la semana pasada, dijo mi padre, y colgó sin echarme siquiera una mirada a mí, que estaba a su lado y lo miraba perplejo. A continuación caminó hasta mi madre y le preguntó dónde estaba el periódico. Sobre la estufa, respondió mi madre, y ni ella ni yo le dijimos que era él quien lo había dejado allí unos minutos antes.

11

Alguna vez yo había pensado que la mala memoria de mi padre era apenas una excusa para librarse de los escasos inconvenientes que le ocasionaba una vida cotidiana que había dejado hacía tiempo en manos de mi madre: cumpleaños, aniversarios, la compra. Si mi padre hubiera llevado una agenda, había pensado yo, tendría que haber sido una a la que se le cayeran las hojas al día siguiente, un objeto incandescente todo el tiempo en llamas como el diario íntimo de un pirómano. Yo pensaba que todo era un engaño de mi padre, que era su forma de librarse de cosas que por alguna razón eran demasiado para él, y entre ellas me incluía a mí y a mis hermanos pero también a un pasado del que yo apenas sabía dos o tres cosas —infancia en un pueblo, carrera de políticas interrumpida, años de periódicos que eran como esos boxeadores que pasan más tiempo tirados en la lona que de pie y dando pelea, un pasado político del que yo no creía saber nada y del que tal vez yo no quisiera saber— que no hacían sospechar quién fue mi padre realmente, el abismo al que se asomó y cómo salió de él con la lengua fuera y pidiendo la hora. Al hablar con mi hermana, sin embargo, yo pensé que algo había estado mal con mi padre siempre y que quizá su falta de memoria no era fingida, y también pensé que ese descubrimiento llegaba tarde, tarde para mí y tarde para él, y que es así como siempre sucede, aunque sea triste mencionarlo.

12

En realidad también había otro recuerdo, aunque no era precisamente un recuerdo directo, algo que hubiera surgido de la experiencia y se hubiera fijado allí en la memoria, sino algo que yo había visto en la casa de mis padres, una fotografía. En ella, mi padre y yo estamos sentados sobre un pequeño muro de piedra; detrás de nosotros, un abismo y, un poco más allá, montañas y colinas que —aunque la fotografía es en blanco y negro— uno puede imaginar verdes y rojas y marrones. Mi padre y yo estamos sentados sobre el muro de la siguiente forma: él de lado, con los brazos cruzados; yo, de espaldas al abismo, con las manos debajo de los muslos. Quien contemple con detenimiento la fotografía verá que ésta tiene una cierta intensidad dramática que no debe atribuirse al paisaje —aunque este es dramático del modo en que algunos imaginan que un paisaje puede serlo— sino más bien a la relación entre ambos: mi padre mira hacia el paisaje; yo le miro a él y en mi mirada hay un ruego muy específico: que repare en mí, que me baje de ese muro en el que mis piernas cuelgan sin tocar el suelo y que a mí me parece —en una exageración inevitable cuando se considera que yo solo soy un niño— que va a venirse abajo en cualquier momento y va a arrastrarme con él al abismo. En la fotografía, mi padre no me mira, no repara siquiera en que le estoy mirando y en la súplica que yo tan solo puedo formular de esa manera, como si él y yo estuviéramos condenados a no entendernos, a no vernos siquiera. Mi padre tiene en la fotografía el cabello que yo voy a tener, el mismo torso que yo tendré en el futuro, ahora, cuando yo sea mayor de lo que él era cuando alguien –mi madre, probablemente– nos hizo esa fotografía mientras subíamos a una montaña cuyo nombre no recuerdo. Quizá él tuviera de mí en aquel momento, mientras yo pensaba en él en un avión, el miedo que yo había sentido aquella vez en una montaña de la provincia de La Rioja hacia 1983 o 1984. Mientras yo viajaba en aquel avión de regreso a un país que mi padre había querido que fuera también el mío, y que para mí era igual que el abismo aquel frente al que él y yo posábamos sin entendernos en una fotografía, yo no sabía aún, sin embargo, que mi padre conocía el miedo mucho mejor de lo que yo pensaba, que mi padre había vivido con él y había luchado contra él y, como todos, había perdido esa batalla de una guerra silenciosa que había sido la suya y la de toda su generación.

13

No volvía a ese país desde hacía ocho años, pero, cuando el avión cayó en el aeropuerto y nos escupió a todos fuera, tuve la impresión de que hacía más tiempo que no estaba por allí. Una vez había descubierto que los minutos que uno pasaba en una montaña rusa o en algún juego de ese tipo eran, en su percepción, más largos que los que pasaba contemplando a la gente gritar aferrada a un carromato metálico al pie del ingenio en un parque de diversiones cualquiera, y en aquel momento tuve la impresión de que el país se había montado en la montaña rusa y seguía dando vueltas boca abajo como si quien operaba el aparato se hubiera vuelto loco o estuviera en la pausa del almuerzo. Vi jóvenes viejos, que vestían ropa nueva y vieja al mismo tiempo, vi una moqueta azul que parecía nueva pero ya estaba sucia y gastada allí donde la habían pisado, vi unas cabinas con los vidrios amarillos y unos policías jóvenes pero viejos que miraban los pasaportes con desconfianza y a veces los sellaban y a veces no; incluso mi pasaporte parecía ya viejo y, cuando me lo devolvieron, tuve la impresión de que me entregaban una planta muerta, ya sin ninguna posibilidad de volver a la vida; vi a una joven que llevaba una minifalda y entregaba a quienes pasaban una galleta con dulce de leche, y casi pude ver el polvo de años posado en esa galleta y en el dulce. Me dijo: ¿Querés probar una galletita? Y yo negué con la cabeza y salí prácticamente corriendo en dirección a la salida. Al salir creí ver pasar a mi lado a la caricatura obesa y envejecida de un futbolista, y creí ver que lo perseguían decenas de fotógrafos y periodistas y que el futbolista tenía una camiseta que llevaba impresa una fotografía de él mismo en otras épocas, una fotografía que aparecía monstruosamente desfigurada por la tripa del futbolista y exhibía una pierna exageradamente grande, un torso curvo y estirado y una mano enorme, que golpeaba un balón para convertir un gol en un

Mundial cualquiera, un día cualquiera en alguna primavera del pasado.

14

Aunque quizá esto no haya sucedido realmente y todo
haya sido un error o un engaño inducido por las pastillas
que aquel médico me daba y que yo tragaba silenciosamente en los sofás de las personas que conocía en aquella ciudad alemana. Una vez, mucho tiempo después de
que todo esto sucediera, volví a leer las instrucciones
de uno de esos medicamentos, que había leído tantas veces antes y sin embargo había olvidado cada una de esas
veces. Leí que aquellas pastillas tenían un efecto sedati-
vo, antidepresivo y ansiolítico, leí que hacían efecto entre una y seis horas después de su administración pero
que su eliminación requería unas ciento veinte —lo que
hace cinco días, según mis cálculos— y se produce en un
ochenta y ocho por ciento a través de la orina y en un siete por ciento a través del sudor, y que hay un cinco por
ciento de la sustancia que no se elimina nunca; leí que
produce dependencia física y psicológica y que induce
amnesia además de la disminución o la falta completa de
la capacidad para recordar los eventos que tengan lugar
durante los períodos de acción de la droga; leí que esta
puede inducir tendencias suicidas en el paciente —lo que,
sin duda, es grave—, modorra —lo que, desde luego, no
lo es—, debilidad, fatiga, desorientación, ataxia, náuseas,
embotamiento afectivo, reducción del estado de alerta,

pérdida de apetito y de peso, somnolencia, sensación de ahogo, diplopía, visión borrosa o doble, agitación, alteraciones del sueño, mareos, vómitos, dolores de cabeza, perturbaciones sexuales, despersonalización, hiperacusia, entumecimiento y hormigueo de las extremidades, hipersensibilidad a la luz, al ruido y al contacto físico, alucinaciones o convulsiones epilépticas, problemas respiratorios, gastrointestinales y musculares, aumento de la hostilidad e irritabilidad, amnesia anterógrada, alteración de la percepción de la realidad y confusión mental, dificultades de pronunciación, anormalidades en las funciones del hígado y del riñón y síndrome de abstinencia tras interrupción brusca de la medicación. Así que supongo que ver a un futbolista que lleva una camiseta con una imagen deformada de su propio pasado sobre la tripa es lo menos grave que puede sucederte cuando te metes cosas así.

15

Como quiera que sea, aquel encuentro, que ocurrió realmente y que, por tanto, fue verdadero, puede leerse aquí sencillamente como una invención, como algo falso, puesto que, en primer lugar, en aquellos momentos yo estaba lo suficientemente confundido, y tan claramente preocupado, que podía y puedo desconfiar de mis sentidos, que podían interpretar erróneamente un hecho verdadero, y, en segundo lugar, porque aquel encuentro con el futbolista envejecido de un país avejentado para mí, y casi todo lo que sucedió después, lo que yo vengo a contar, fue verdadero pero no necesariamente verosímil. Se ha dicho que en literatura lo bello es verdadero pero lo verdadero en literatura es solo lo verosímil, y entre lo verosímil y lo verdadero hay una distancia enorme. Esto por no hablar de lo bello, que es algo de lo que nunca se debería hablar: lo bello debería ser la reserva natural de la literatura, el sitio donde lo bello prosperara sin que la mano de la literatura lo toque jamás, y debería servir de recreo y consuelo a los escritores, puesto que la literatura y lo bello son cosas completamente diferentes o tal vez la misma, como dos guantes para la mano derecha. Solo que no puedes ponerte un guante para la mano derecha en la mano izquierda, hay cosas que no pueden ir juntas. Yo acababa de llegar a Argentina y, mientras esperaba el autobús que iba a llevarme a la ciudad donde mis padres vivían, a unos trescientos kilómetros al noroeste de Buenos Aires, yo pensaba que había venido de los oscuros bosques alemanes a la llanura horizontal argentina para ver morir a mi padre y para despedirme de él y prometerle –aunque yo no lo creyera en absoluto– que él y yo íbamos a tener otra oportunidad, en algún otro sitio, para que cada uno de nosotros averiguara quién era el otro y, quizá, por primera vez desde que él se había convertido en padre y yo en hijo, por fin entendiéramos algo; pero esto, siendo verdadero, no era en absoluto verosímil.

Y después tenía uno el trabalenguas imposible de los enfermos y de los médicos, que reunía palabras como benzodiazepina, diazepam, neuroléptico, hipnótico, zolpidem, ansiolítico, alprazolam, narcótico, antiepiléptico, antihistamínico, clonazepam, barbitúrico, lorazepam, triazolobenzodiazepina, escitalopram; todas palabras de las palabras cruzadas de una cabeza que se niega a funcionar.

20

Cuando llegué a la casa de mis padres, no había nadie. La casa estaba fría y húmeda como un pez cuyo vientre yo había rozado una vez antes de devolverlo al agua, cuando era niño. No sentí que aquélla fuera mi casa, esa vieja sensación de que un sitio determinado es tu hogar se había esfumado para siempre, y tuve miedo de que mi presencia allí fuera considerada por la casa como un insulto. Ni siquiera toqué una silla: dejé la pequeña maleta que traía en la entrada y comencé a caminar por las habitaciones, como un fisgón. En la cocina había un trozo de pan que ya habían comenzado a comerse las hormigas. Alguien había dejado sobre la cama de mis padres una muda de ropa y un bolso de mano abierto y vacío. La cama estaba deshecha y las sábanas habían conservado la forma de un cuerpo que tal vez fuera el de mi madre.

A su lado, sobre la mesa de noche de mi padre, había un libro que yo no miré, unas gafas y dos o tres botes de medicamentos y de pastillas. Cuando los vi, me dije que mi padre y yo teníamos algo en común después de todo, que él y yo seguíamos atados a la vida con hilos invisibles de pastillas y recetas y que esos hilos también nos unían a nosotros ahora de alguna manera. La que había sido mi habitación estaba al otro lado del pasillo. Al entrar en ella creí que todo había disminuido, que la mesa era más pequeña de lo que yo la recordaba, que la silla que había junto a ella solo podía serle útil a un enano, que las ventanas eran minúsculas y que los libros no eran tantos como yo recordaba y además habían sido escritos por autores que ya no tenían interés para mí. No parece que hace solo ocho años que me he marchado, pensé mientras me echaba sobre la que había sido mi cama. Tenía frío pero no quise cubrirme con el cobertor y me quedé allí, con un brazo tapándome el rostro, sin poder dormir pero tampoco dispuesto a ponerme de pie, pensando en círculos en mi padre y en mí y en una oportunidad perdida para él y para mí y para todos nosotros.

21

Mi madre entró en la cocina y me encontró observando los productos en la nevera. Como en esos sueños en los que todo es sospechosamente familiar y al mismo tiempo escandalosamente extraño, los productos eran los mismos pero sus envases habían cambiado, y ahora las judías estaban envasadas en una lata que me recordaba la antigua lata de tomates, los tomates venían en un recipiente que recordaba al del cacao y el cacao venía en unas bolsas que a mí me hicieron pensar en pañales y en noches sin dormir. Mi madre no pareció en absoluto impresionada de verme, pero yo quedé sorprendido al verla tan delgada y tan frágil; cuando me puse de pie y ella se acercó para abrazarme vi que tenía una mirada que podía echar a los demonios del infierno, y me pregunté si esa mirada no bastaba para curar a mi padre, para aliviar el dolor y el sufrimiento de todos los enfermos del hospital donde agonizaba, porque esa mirada era la de la voluntad que se opone a todos los elementos. Qué ha pasado, pregunté a mi madre, y ella comenzó a explicarme, lentamente, todo lo que había sucedido. Cuando acabó se fue a su habitación a llorar a solas y yo eché agua y un puñado de arroz en un cazo y me puse a mirar por la ventana la selva impenetrable en que se había convertido el jardín que mi madre y mi hermano tanto habían cuidado, en el mismo lugar pero en otro tiempo.

23

Mis hermanos estaban de pie en el pasillo cuando llegué al hospital. A la distancia me dio la impresión de que estaban en silencio aunque luego observé que conversaban o que fingían hacerlo, como si se creyeran obligados a simular que sostenían una conversación que quizá ni siquiera ellos mismos escuchaban realmente. Mi hermana comenzó a llorar al verme, como si yo fuera a traerle una noticia inesperada y terrible o yo mismo fuera esa noticia al regresar horriblemente mutilado de una larguísima guerra. Yo les entregué unos chocolates y una botella de Schnapps que había comprado aún en Alemania, en el aeropuerto, y mi hermana comenzó a reír y a llorar al mismo tiempo.

24

Mi padre yacía debajo de una maraña de cables como una mosca en una telaraña. Su mano estaba fría y mi rostro estaba caliente, pero eso solo lo noté cuando me llevé la mano a la cara para enjugármela.

25

Me quedé junto a él esa tarde, sin saber realmente qué hacer excepto mirarle y preguntarme qué sucedería si abría los ojos o hablaba, y por un momento deseé que no fuera a abrirlos en mi presencia. Entonces me dije: Voy a cerrar los ojos y a contar hasta diez y cuando los abra todo esto no será verdad y no habrá pasado nunca, como cuando se acaban los filmes o uno cierra un libro; pero, al volver a abrir los ojos, después de haber contado hasta diez, mi padre seguía allí y yo seguía allí y la telaraña seguía allí, y rodéandonos a todos estaban los ruidos del hospital y ese aire pesado que huele a desinfectante y a falsas esperanzas y que a veces es peor que la enfermedad o que la muerte. ¿Has estado alguna vez en un hospital? Pues entonces los has visto todos. ¿Has visto a alguien morir? Cada vez sucede de nuevo, siempre de forma diferente. A veces la enfermedad te encandila y cierras los ojos y lo que más temes es como un coche que viene hacia ti a toda velocidad por un camino rural en una noche cualquiera. Cuando volví a abrir los ojos, mi hermana estaba a mi lado y era de noche y mi padre seguía vivo, luchando y perdiendo pero todavía vivo.

26

Mi hermana insistió en pasar la noche en el hospital. Yo regresé a la casa con mi hermano y con mi madre y estuvimos un rato mirando un filme en la televisión. En el filme, un hombre corría bajo una intensa nevada por una pista helada que no parecía acabarse nunca; la nieve le caía sobre el rostro y sobre el abrigo y de a ratos parecía impedirle ver aquello que el hombre perseguía, pero el hombre continuaba corriendo como si de alcanzarlo, de alcanzar el avión que carreteaba frente a él, dependiera su vida. ¡Johnny! ¡Johnny!, gritaba en ese momento una mujer que se asomaba a la compuerta abierta del avión, que a cada momento parecía a punto de levantar el vuelo. Cuando el hombre estaba a un tris de alcanzar su mano extendida, sin embargo, el avión se echaba a volar y otro hombre arrancaba violentamente a la mujer de la compuerta del avión y disparaba aún una o dos veces sobre el hombre llamado Johnny antes de que el avión se perdiera definitivamente en la nevada. Es el correo del zar, dijo mi hermano en el instante en que el hombre llamado Johnny caía al suelo sobre la nieve y su imagen jadeante se fundía lentamente en negro y en la pantalla aparecía la palabra «fin». En la época del zar no había aviones, dije a mi vez, pero mi hermano me miró como si yo no hubiera comprendido nada.

27

Esa noche no pude dormir. Me serví a oscuras un vaso de agua en la cocina y estuve un rato de pie, bebiendo y procurando no pensar en nada. Cuando acabé el vaso, regresé a mi cuarto y allí cogí una pastilla para dormir y me la tragué apresuradamente. Mientras esperaba que me hiciera efecto, me puse a deambular por la casa tratando de recordar si la casa había cambiado o estaba igual que cuando yo vivía allí, pero no fui capaz de hacerlo. Quizá simplemente no era la casa sino mi percepción la que había cambiado, y ese cambio en la percepción —fuera este inducido por el viaje o por la situación de mi padre o por el consumo de pastillas— llevaba consigo un cambio en el objeto de esa percepción, como si, para saber si la casa había cambiado o no, tuviera yo que haber sido capaz de comparar mi forma de ver las cosas en aquel instante y mi forma de verlas antes de marcharme y de vivir en Alemania y de comenzar a tomar pastillas y de que mi padre enfermara y de que yo regresara, lo que era imposible. Me entretuve mirando los libros de la estantería de la sala de estar, que eran los libros de la juventud de mis padres, con la luz que entraba procedente de la calle a través de una ventana. Aunque conocía bien aquellos libros, quizá era también mi percepción la que hacía que aparecieran nuevos a mis ojos, y una vez más me pregunté qué había cambiado realmente de aquel entonces en que yo los había ojeado a ese entonces en que yo los miraba sin curiosidad y con un poco de aprehensión bajo la luz nocturna, y de nuevo no llegué a ninguna conclusión. Estuve aún un rato allí, de pie sobre el suelo frío de la sala de estar mirando aquellos libros. Escuché pasar un autobús y después los coches de los primeros que iban a trabajar y pensé que la ciudad iba a ponerse pronto en marcha otra vez y que yo no quería estar allí para verlo. Me marché a mi habitación y allí cogí dos pastillas más y me las tomé y después me eché en la cama y me quedé esperando que hicieran su efecto; pero, como siempre, no llegué a notar realmente cuándo lo hicieron, porque primero quedaron embotadas mis piernas y luego ya no pude mover los brazos y solo alcancé a pensar en ese despedazamiento lento que era la condición para que llegara el sueño y a decirme, un momento antes de quedarme dormido finalmente, que tenía que hacer listados de todo lo que viera, que tenía que hacer un inventario de todo lo que veía en la casa de mis padres para ya no olvidármelo. Entonces me quedé dormido.

Títulos presentes en la biblioteca de mis padres: *Bases para la Reconstrucción Nacional; Cancionero folklorístico; Caso Satanovsky, El; Comunidad organizada, La; Conducción Política; Cuaderno de navegación; Diario del Che; Doctrina peronista; Episodio más en la lucha de clases, Un; Ficciones; Filo, Contrafilo y Punta; Filosofía peronista; Fuerza es el derecho de las bestias, La; Habla Perón; Hora de los pueblos, La; Industria, burguesía industrial y liberación nacional; Latinoamérica, ahora o nunca; Libro Rojo, El; Literatura argentina y realidad política: de Sarmiento a Cortázar; Manual de táctica; Martín Fierro; Mordisquito; Nacionalismo y liberación; Operación masacre; Perón, el hombre del destino; Peronismo y socialismo; Política británica en el Río de la Plata; Profetas del odio, Los; ¿Qué hacer?; ¿Quién mató a Rosendo?; Razón de mi vida, La; Revolución y contrarrevolución en la Argentina; Rosas, nuestro contemporáneo; ¡Vida por Perón, La!; Vida y muerte de López Jordán; Vuelta al día en ochenta mundos, La.* Autores presentes en la biblioteca de mis padres: Borges, Jorge Luis; Chávez, Fermín; Cortázar, Julio; Duarte de Perón, Eva; Guevara, Ernesto; Hernández Arregui, Juan José; Jauretche, Arturo; Lenin, Vladímir Ilich; Marechal, Leopoldo; Pavón Pereyra, Enrique; Peña, Milcíades; Perón, Juan Domingo; Ramos, Jorge Abelardo; Rosa, José María; Sandino, Augusto César; Santos Discépolo, Enrique; Scalabrini Ortiz, Raúl; Vigo, Juan M.; Viñas, David; Walsh, Rodolfo; Zedong, Mao. Autores ausentes en la biblioteca de mis padres: Bullrich, Silvina; Guido, Beatriz; Martínez Estrada, Ezequiel; Ocampo, Victoria; Sábato, Ernesto. Colores predominantes en las portadas de los libros de la biblioteca de mis padres: celeste, blanco y rojo. Editoriales más representadas en su biblioteca: Plus Ultra, A. Peña Lillo, Freeland y Eudeba. Palabras que más aparecen presumiblemente en los libros de la biblioteca de mis padres: táctica, estrategia, lucha, Argentina, Perón, revolución. Estado general de los libros de la biblioteca de mis padres: malo y, en algunos casos, fatal, miserable o pésimo.

30

Una vez más: mis padres no han leído a Silvina Bullrich, Beatriz Guido, Ezequiel Martínez Estrada, Victoria Ocampo y Ernesto Sábato. Han leído a Jorge Luis Borges, a Rodolfo Walsh y a Leopoldo Marechal pero no a Silvina Bullrich, Beatriz Guido, Ezequiel Martínez Estrada, Victoria Ocampo y Ernesto Sábato. Han leído a Ernesto Guevara, a Eva y a Juan Domingo Perón y a Arturo Jauretche pero no a Silvina Bullrich, Beatriz Guido, Ezequiel Martínez Estrada, Victoria Ocampo y Ernesto Sábato. Más aún: han leído a Juan José Hernández Arregui, a Jorge Abelardo Ramos y a Enrique Pavón Pereyra pero no a Silvina Bullrich, Beatriz Guido, Ezequiel Martínez Estrada, Victoria Ocampo y Ernesto Sábato. Uno podría quedarse horas pensando en esto.

Al principio tomaba paroxetina y benzodiazepinas, no más de quince miligramos; pero quince miligramos eran como un estornudo en el huracán para mí, algo insignificante y sin efecto, como intentar tapar el sol con una mano o impartir justicia en la tierra de los réprobos, y por esa razón las dosis habían ido elevándose hasta alcanzar los sesenta miligramos, cuando ya no había nada más fuerte en el mercado y los médicos miraban de esa forma en que miran los guías de las caravanas en los filmes del Lejano Oeste cuando dicen que ellos solo irán hasta allí porque más allá es territorio comanche, y luego se dan la vuelta y espolean sus caballos pero antes miran a los integrantes de la caravana y saben que no volverán a verlos y sienten vergüenza y lástima. Entonces comencé a tomar también las pastillas para dormir; cuando las tomaba, caía en un estado en el que debía parecer un muerto y por mi mente pasaban palabras como «estómago», «lámpara» y «albino», todo sin ilación alguna. A veces las apuntaba a la mañana siguiente, si las recordaba, pero al leerlas pensaba que era como hojear un periódico de un país más triste que Sudán o Etiopía, un país para el que no tenía visado ni quería tenerlo, y creía escuchar un camión de bomberos, que venía lanzado a apagar las putas llamas del infierno con el tanque lleno de benzina.

Un médico comenzó a caminar hacia nosotros desde el extremo opuesto del pasillo y al verlo nos pusimos de pie sin pensarlo. Voy a examinarlo, nos advirtió, y luego entró en la habitación de mi padre y se quedó allí un rato. Nosotros esperábamos fuera, sin saber qué decir. Mi madre miraba por el ventanal a sus espaldas cómo un pequeño remolque arrastraba un barco mucho mayor río arriba, en dirección al puerto. Yo sostenía en mis manos una revista de automóviles aunque no sé conducir; alguien la había abandonado antes sobre uno de los asientos y yo solo dejaba resbalar mis ojos por sus páginas; aquel ejercicio me descansaba tanto como si estuviera contemplando un paisaje, aunque en ese caso fuera uno de novedades técnicas incomprensibles. El médico salió finalmente y dijo que todo seguía igual, que no había novedad alguna. Yo pensé que alguno de nosotros tenía que preguntarle algo para que, de esa forma, el médico comprobara que la situación de mi padre nos preocupaba realmente, así que le pregunté cómo estaba su temperatura. El médico apretó los ojos un instante y luego me miró con incredulidad y balbuceó: Su temperatura es perfectamente normal, no hay ningún problema con su temperatura, y yo le agradecí y él asintió con la cabeza y comenzó a alejarse por el pasillo.

Esa mañana mi hermana me dijo que una vez había encontrado una frase subrayada en un libro que mi padre había dejado en su casa. Mi hermana me mostró el libro. La frase era: «He peleado hasta el fin el buen combate, concluí mi carrera: conservé la fe». Era el versículo siete del capítulo cuarto de la segunda carta de Pablo a Timoteo. Al leerla pensé que mi padre había subrayado esa frase para que la frase le sirviera de inspiración y consuelo, y quizá también a modo de epitafio, y yo pensé que si yo supiera quién era yo, si la niebla que eran las pastillas se disipara por un momento para que yo pudiera saber quién era, yo también hubiera querido ese epitafio para mí, pero luego pensé que yo no había peleado realmente, y que tampoco habían peleado los otros que tenían mi edad; algo o alguien nos había infligido ya una derrota y nosotros bebíamos o tomábamos pastillas o perdíamos el tiempo de uno y mil modos como una forma de apresurarnos hacia un final tal vez indigno pero liberador en cualquier caso. Nadie ha peleado, todos hemos perdido y casi nadie se ha mantenido fiel a lo que creía, cualquier cosa que eso fuera, pensé; la generación de mi padre sí que había sido diferente, pero, una vez más, había algo en esa diferencia que era asimismo un punto de encuentro, un hilo que atravesaba las épocas y nos unía a pesar de todo y era espantosamente argentino: la sensación de estar unidos en la derrota, padres e hijos.

Mi madre comenzó a preparar una comida y yo, que estaba mirando el televisor, al que mi hermano le había quitado el volumen, me puse a ayudarla. Mientras pelaba las cebollas pensé que aquella receta, en su gloriosa simplicidad de otras épocas, iba a perderse pronto en una época de confusión y estupidez, y me dije que debía conservar al menos –puesto que perpetuar ese momento de felicidad compartida, quizá uno de los últimos con mi madre antes de que yo regresara a Alemania, era imposible–, que tenía que perpetuar esa receta antes de que fuera tarde. Cogí un bolígrafo y comencé a tomar notas para no olvidarme de aquel momento pero todo lo que pude hacer fue apuntar la receta; una simple receta breve y sin embargo relevante para mí allí y entonces por ser un remanente de un tiempo de procedimientos, de un tiempo de pasos precisos y puntuados, tan diferente de esos días de un dolor que nos embotaba a todos.

39

Así que la receta es ésta: se coge una buena cantidad de carne picada de ternera, se la extiende sobre un paño de algodón, se distribuyen sobre la carne las cebollas cortadas en trozos pequeños y pedazos de aceitunas, de huevos cocidos y de cualquier otra cosa que se desee –aquí las opciones parecen no tener fin: trozos de pimiento, uvas pasas, albaricoques o ciruelas secas, almendras, nueces, avellanas, verduras en conserva, etcétera– y a continuación se amasa la carne de manera que los ingredientes que se han agregado se distribuyan bien en la masa. Luego se condimenta con sal, pimentón dulce, comino y ají molido y se utiliza el paño para apretar la carne de forma que ésta quede como un bloque compacto que no se deshace al manipularlo; si la carne está muy suelta, se le puede agregar pan rallado. Cuando la masa ya está lista, se la coloca en un molde ligeramente untado en aceite y se lleva al horno. Se deja allí hasta que el pan de carne –ya que de esto se trata– esté dorado. Puede comerse frío o caliente y acompañado de una ensalada.

42

El médico –quizá el mismo de antes o tal vez otro diferente; todos me parecían iguales– dijo: Puede pasar cualquier cosa. Y en mi cabeza esas cuatro palabras quedaron dando vueltas hasta que dejaron de tener sentido: Puede pasar cualquier cosa, puede pasar cualquier cosa, puede pasar cualquier cosa, puede pasar cualquier cosa, puede pasar cualquier cosa, puede pasar cualquier cosa…

Mi hermano cambiaba nerviosamente los canales hasta que se detuvo en uno de ellos. En él echaban una película bélica; aunque su argumento era confuso y las actuaciones eran pésimas y estaban entorpecidas todo el tiempo por una cámara que parecía haber sido puesta deliberadamente allí donde los rostros de los personajes no se veían o en el lugar hacia donde los personajes debían caminar, lo que provocaba que se produjeran cortes inevitables allí donde, presumiblemente, los actores tropezaban con la cámara y se debía rehacer la toma, comprendí lentamente que el filme trataba sobre un hombre que, tras un accidente, que no aparecía en el filme y que uno presumía que había sido de coche o incluso de avión, despertaba en un hospital sin saber quién era. Naturalmente, tampoco lo sabían los médicos o los numerosos funcionarios policiales que lo interrogaban insistentemente. Una enfermera con las pintas de una carnicera, que al comienzo del filme parecía particularmente impaciente con el hombre y con sus persistentes preguntas acerca de quién era, o quién había sido, y qué hacía allí, acababa apiadándose de él y le contaba que ella había encontrado entre su ropa, o entre los jirones de su ropa, un papel que contenía una media docena de nombres, y se la entregaba. Entre la enfermera y el paciente el compromiso era que él no hablaría de ello con nadie, y, sobre todo, no diría nada al médico principal, un hombre alto y de aspecto enfermizo que parecía odiar a la enfermera y del que ella lo protegía cuando el médico principal ponía en duda su versión de los hechos o lo atosigaba con preguntas. Esa noche, el paciente huía del hospital: había decidido buscar a las personas que figuraban en la lista y hacerse decir quién o qué era él; con el dinero que llevaba en el momento del accidente –una cantidad enorme, que él no entendía cómo había acumulado, y que la enfermera le había entregado a hurtadillas esa noche, junto con algo de ropa–, se instalaba en un hotel de la periferia y desde allí comenzaba su búsqueda, consultando principalmente el listín telefónico. Ahora bien, la búsqueda no era tan sencilla como el espectador había supuesto: tres de las seis personas habían muerto ya o se habían mudado de sus antiguas casas y otras dos habían accedido a entrevistarse con él solo para admitir que no sabían quién era ni por qué su nombre figuraba en aquella lista; en ambas ocasiones la conversación era tensa y concluía de mala manera, con el protagonista siendo echado de los sitios donde tenían lugar los encuentros. Al protagonista no le sorprendía que todas las personas de su lista tuvieran alguna relación con el hospital. En la lista quedaba una última persona y, puesto que la persona se negaba a entrevistarse con él, el protagonista comenzaba a rondar su casa; para esto, descubría un poco sorprendido, tenía un talento enorme, un talento que le permitía espiar sin ser visto y confundirse entre la multitud cuando él era el perseguido. Un talento accesorio, que descubría una noche, era el de forzar las cerraduras; al hacerlo, ingresaba a una habitación oscura, una especie de sala de estar mal iluminada; avanzaba unos pasos a hurtadillas y se dirigía a una habitación adyacente que, descubría, era la cocina; al rehacer sus pasos en dirección a la sala de estar, sentía un golpe que alguien le propinaba desde lo alto y caía al suelo de bruces. Al darse la vuelta, volvía a recibir un golpe, esta vez en el hombro, y caía una vez más, pero en ese momento descubría una lámpara de pie a la altura de su mano y oprimía su interruptor: la luz bañaba un instante la habitación y el agresor, encandilado, retrocedía un paso. Entonces el protagonista cogía la lámpara y le asestaba con ella un golpe en la cabeza. En el trayecto que la lámpara describía en el aire en dirección al agresor, y antes de que el cable se soltase del enchufe, el protagonista alcanzaba a ver que su agresor era alto y de aspecto enfermizo. En el suelo, con la cabeza abierta por el golpe que le había asestado, el rostro del agresor le resultaba familiar al protagonista; encendía una pequeña lámpara que había sobre una mesa y, al acercársela al rostro del agresor, que ya parecía estar muerto y quizá lo estaba realmente, el protagonista descubría que se trataba de aquel médico jefe del que la enfermera solía protegerlo. Como en los malos filmes —y éste realmente lo era, lo que creo que me había quedado claro desde el principio—, la concatenación de ideas del protagonista era representada visualmente por la repetición de metraje en el que se volvían a mostrar escenas anteriores: el rostro de la enfermera con aspecto de carnicera, su antagonismo con el médico jefe, que disimulaba con obsecuencia, la entrega del listado y del dinero, los encuentros con algunas personas de la lista, casi todos médicos y casi todos empleados del hospital donde él había sido atendido tras su accidente y una escena más, que no había sido mostrada anteriormente y que, puesto que el protagonista no podía haber asistido a ella —o, habiendo asistido a ella durante su convalecencia, no debía haber comprendido o no podía recordar—, solo podía ser la representación visual de una conjetura: la enfermera redactando la lista con una sonrisa en un rostro descompuesto. En ese momento, el espectador comprendía que el protagonista había sido usado por la

enfermera con aspecto de carnicera para librarse de aquellas personas a las que no quería o que alguna vez le habían infligido una humillación o un daño, y entendía que
a partir de ese momento su vida iba a ser la de un paria
en el infierno, alguien sin identidad obligado de todas
formas a esconderse, a vivir una clandestinidad paradó-
jica en la que iba a tener que ocultar una cosa, un nombre, que él mismo no conocía. Cómo puedes esconder
algo que no conoces, me pregunté, pero en ese momento, en la pantalla, se escuchó un grito: una mujer de pie
junto a la escalera que comunicaba la sala de estar con los
pisos superiores gritaba y se abalanzaba sobre el médico
muerto y después levantaba su rostro hacia el protagonista y lo insultaba. El protagonista caminaba hacia la
puerta y la cerraba detrás de sí y luego comenzaba a co-
rrer, y la cámara le veía alejarse, de un crimen y de una
traición, huyendo a ninguna parte, a una vida anónima
y clandestina o a su venganza contra la enfermera —aunque era improbable que el protagonista quisiera man-
charse las manos de sangre una vez más, al fin y al cabo
no parecía una persona violenta— o hacia cualquier sitio
hacia el que vayan los protagonistas de las películas que
ya han acabado, cuando comienzan a desfilar los créditos y llegan tras ellos los comerciales.

46

Ya había visto esa película, dijo mi madre. Fue un día en
El Trébol, cuando tu padre me dejó escondida allí. Por

qué estabas escondida, pregunté, pero mi madre comenzó a recoger los platos y dijo que no lo recordaba, que quizá mi padre lo había apuntado en alguna parte, en alguno de los papeles que tenía en su estudio. Yo asentí pero de inmediato no supe por qué lo hacía porque en realidad no tenía idea de lo que mi madre quería decir.

47

Un tiempo antes de que todo esto sucediera había intentado hacer una lista de las cosas que recordaba de mí mismo y de mis padres como una manera de que la memoria, que había comenzado ya a perder, no me impidiese recordar un par de cosas que quería conservar para mí y para que, pensé en aquel momento, yo no fuera como el protagonista de aquel filme, alguien que huye de alguien que es él mismo y al mismo tiempo un desconocido. Mi lista estaba en la mochila, y yo dejé a mi madre en el comedor y me fui a leerla. Era una lista excepcionalmente breve si se tenía en cuenta que debía resumir una vida, y, naturalmente, estaba incompleta. Decía: Tuve una hepatitis grave cuando tenía unos cinco o seis años; a continuación, o antes, tuve escarlatina, varicela y rubéola, todo en el plazo de aproximadamente un año. Nací con los pies planos y éstos tuvieron que ser corregidos con unos zapatos enormes que me avergonzaban horriblemente; en realidad, jamás debería usar zapatillas. Fui vegetariano durante un par de años y ahora, sin serlo, casi no como carne. Aprendí a leer a los cinco años por mi cuenta; por entonces leía decenas de libros pero ya no recuerdo nada de ellos excepto que correspondían a autores extranjeros y que estaban muertos. Que un escritor fuera argentino y pudiera estar vivo aún es un descubrimiento bastante reciente y que todavía me causa asombro. Mi madre dice que no lloré durante los primeros días de vida, que, principalmente, lo que yo hacía era dormir. Mi madre dice que, durante mis primeros años de vida, mi cabeza era tan grande que, si me dejaban sentado, yo comenzaba a bascular y caía de cabeza hacia un costado u otro. No lloraba; recuerdo haber llorado varias veces pero no lloro desde la muerte de mi abuelo paterno, en 1993 o 1994; desde entonces no lloro, presumiblemente porque la medicación lo impide. Quizá el único efecto real de la medicación es que impide sentir una felicidad completa o una completa tristeza; es como si uno flotara en una piscina sin ver nunca su fondo pero imposibilitado de acceder a la superficie. Perdí la virginidad a los quince años. No sé con cuántas mujeres he tenido sexo desde entonces. Me escapé de la guardería a la que me llevaba mi madre cuando tenía tres años; en la reconstrucción de las horas transcurridas entre mi desaparición y el momento en que fui entregado en una comisaría faltan unos cien minutos en los que nadie sabe dónde estuve, ni siquiera yo mismo. Mi abuelo paterno era pintor, mi abuelo materno trabajaba en el tren; el primero era anarquista y el segundo peronista, creo. Mi abuelo paterno meó una vez el mástil de la bandera en una comisaría, pero no sé por qué ni cuándo; creo recordar que fue porque no le permitieron votar o algo así. Mi abuelo materno era guarda en la línea que iba de Córdoba a Rosario; antes, el tren pasaba por Jujuy y Salta, y después iba a Buenos Aires, donde acababa; éste era el trayecto que recorrían los explosivos que utilizaba la Resistencia peronista pero, aunque su transporte era imposible sin la colaboración de los empleados del ferrocarril, no sé si mi abuelo colaboró activamente en él. No recuerdo cuál fue el primer disco que compré, pero recuerdo que escuché la primera canción que me conmovió metido dentro de un coche en un sitio llamado Candonga, en la provincia de Córdoba; fueron dos canciones en un programa que llegaba a través de montañas que deformaban el sonido, que parecía llegar directamente desde el pasado. A mi padre no le gustan los filmes españoles, dice que le hacen doler la cabeza. Voté durante toda la década de 1990 en Argentina y lo hice siempre por candidatos que no ganaron. Trabajé en una librería de lance todos los sábados por la mañana desde que tenía doce años y hasta los catorce. La madre de mi madre murió cuando ella era niña, no sé de qué, y desde entonces, y hasta que fue adolescente, mi madre y su hermana estuvieron internadas en un orfanato; creo que lo único que mi madre recuerda de todo ello es que una vez vio a una monja sin cofia y que su hermana le robaba la comida. Fui un católico fanático entre los nueve y los trece años de edad; más tarde, la imposibilidad de hacer compatible la moral cristiana y una ética acorde con mis experiencias me hizo apartarme del catolicismo, que ahora me parece una aberración filosófica. El Islam me parece la religión más acorde con nuestros tiempos, a la vez que la más práctica y, por tanto, quizá, la verdadera. Ninguna terapia psicoanalítica me dio jamás resultado. Mis padres son periodistas, de periódico. Me gustan los ravioles, las empanadas y los filetes empanados que hace mi madre; me gustan las ensaladas que hacen en Turquía, los guisos húngaros y el pescado. Mi padre se cortó un dedo del pie con una pala, cayó de un caballo sobre una alambrada de púas, se roció involuntariamente con gasolina mientras preparaba una carne a las brasas, metió los dedos en un ventilador, atravesó una puerta de cristal con la frente y chocó dos veces con su automóvil, aunque todo esto sucedió a lo largo de muchos años y no consecutivamente. Mis abuelas se llaman Felisa y Clara; son buenos nombres. Entre los idiomas que he aprendido están el inglés, el alemán, el italiano, el portugués, el latín, el francés y el catalán; hablo un poco de serbocroata y de turco, pero es solo para viajar. No me gustan los niños; me gusta la gente que tropieza por la calle o es mordida por un perro o sufre algún otro accidente similar. No me gusta tener una casa propia; prefiero dormir en casas de personas que conozco. No me importaría morir, pero temo a la muerte de quienes aprecio, y sobre todo a la muerte de mis padres.

49

Al salir del hospital le dije a mi madre que prefería caminar pero me quedé allí de pie hasta que ella subió a un taxi y el taxi partió y se perdió en una esquina. Después comencé a caminar en dirección a la casa y mientras lo hacía me entretuve observando a las personas que pasaban a mi lado, a los automovilistas que seguían su camino, aullando al pasar palabras que yo no comprendía, y a las mujeres y los hombres que se detenían frente a los escaparates. La vida cotidiana de la ciudad, de la que yo había formado parte alguna vez, había continuado al marcharme, y allí, en ese mismo momento, yo tenía la oportunidad de observarla sin ser observado, como si yo fuera mi propio fantasma, puesto que ser un fantasma no es más que ser uno mismo hecho otro. Al mirar en el interior de una tienda creía ser yo el que se probaba un suéter; al ver las luces de la biblioteca de la ciudad encendidas aún para los últimos lectores pensaba que yo había sido uno de ellos; al ver a una persona leyendo o escribiendo frente a una ventana o preparando una cena prematura completamente solo en una cocina recordaba que yo había sido uno de ellos y que a veces, cuando leía o escribía o cocinaba, creía haber escuchado una voz en mi cabeza que me decía que todo iba a ir bien, que yo iba a escribir los libros que siempre había querido escribir o al menos iba a aproximarme a ellos tanto como me iba a ser posible para después quedarme vacío y sin nada que decir y que iba a publicar en los sellos donde quería publicar e iba a conocer a amigos leales que iban a saber beber y reír y que yo iba a tener tiempo para leer todo lo que quería leer y resignación para aceptar que no iba a poder leerlo todo, como pasa siempre, y, en general, que las cosas no iban a estropearse. Y en ese momento, mientras caminaba por la ciudad sin ser observado por nadie que no fuera yo mismo, comprendí por primera vez que esa voz que tantas veces había sonado en mi cabeza, sobre todo en los peores momentos, en los de mayores dudas, era una voz desconocida al tiempo que familiar porque era mi propia voz, o la voz de alguien que yo iba a ser y que un día, tras haberlo visto todo y tras haberlo hecho todo y haber vuelto, iba a susurrarme, al observarme mientras me probaba un suéter en una tienda o leía en la biblioteca o preparaba una cena prematura, que todo iba a salir bien e iba a prometerme más libros y más amigos y más viajes. Solo que entonces me pregunté qué sucedería cuando yo regresara a la ciudad alemana donde vivía, si iba a volver a escuchar esa voz que prometía que habría otros días y que yo iba a verlos todos, y quizá también mi padre, y que iba a dejar constancia de ellos, y si esa voz iba a decir la verdad esta vez o iba a contar una mentira piadosa, como lo había hecho tantas veces en el pasado.

52

Una línea de luz se colaba a través de la persiana baja del estudio de mi padre; al levantar la persiana, sin embargo, la luz que entró en la habitación me pareció más débil de lo que indicaba aquella línea. Aparté las cortinas y encendí una lámpara de mesa, pero incluso así tuve la impresión de que la luz era insuficiente. Mi padre solía decirle a mi hermano cuando era niño que podía salir a jugar pero debía regresar cuando ya no pudiera verse las manos, pero mi hermano podía vérselas también durante la noche. En aquel momento, sin embargo, y aunque no era de noche aún, era yo el que no podía vérmelas. Sentí una presencia a mis espaldas y por un momento pensé que era mi padre, que venía a regañarme por haberme colado en su estudio, pero luego vi que era mi hermano. Creo que estoy volviéndome loco, le dije, no puedo verme las manos. Mi hermano me miró fijamente y dijo: A mí también me lo parece, pero yo no supe si se refería a que yo me había vuelto loco o a que él tampoco podía verse las manos; como fuera, un momento después regresó con una lámpara de flexo, que ajustó a la mesa y encendió junto con las otras. La luz seguía siendo insuficiente pero ya permitía distinguir algunos objetos en la penumbra: una cuchilla para cortar papel, una regla, un tarro con lápices, bolígrafos y resaltadores, y una máquina de escribir puesta de pie para ahorrar espacio. Sobre la mesa había una pila de carpetas, pero yo no la toqué todavía. Me senté en la silla de mi padre y me puse a mirar el jardín, preguntándome cuántas horas había pasado allí y si había pensado en mí alguna vez en ese sitio. El estudio permanecía helado, y yo me incliné hacia delante y cogí una carpeta de la pila. La carpeta reunía información para un viaje que mi padre no había hecho y que quizá ya no hiciera nunca. La aparté a un lado y cogí otra, que reunía recortes de prensa recientes, firmados por él; estuve leyéndolos un rato y luego los dejé a un costado. En una hoja suelta encontré una lista de libros que mi padre había comprado recientemente: había un título de Alexis de Tocqueville, otro de Domingo Faustino Sarmiento, una guía de carreteras de Argentina, un libro sobre esa música del noreste del país llamada chamamé y un libro que yo había escrito hacía tiempo. En la siguiente carpeta encontré la reproducción de una vieja fotografía, ampliada hasta que los gestos se habían trastocado en puntos. En ella aparecía mi padre aunque, desde luego, no era mi padre justamente, sino quienquiera que él había sido antes de que yo lo conociera: tenía el cabello moderadamente largo y unas patillas y sostenía una guitarra; a su lado había una joven de cabello largo y lacio que tenía un gesto de una seriedad sorprendente, y una mirada que parecía decir que ella no iba a perder el tiempo porque tenía cosas más importantes que hacer que quedarse quieta para una fotografía, tenía que luchar y morir joven. Yo pensé: Conozco este rostro, pero después, al leer los materiales que mi padre había reunido en esa carpeta, pensé que yo no lo había conocido, que no lo había visto jamás y que hubiera preferido seguir sin haberlo visto nunca, sin haber sabido nada de la persona que había estado detrás de ese rostro, y, a la vez, sin saber nada sobre las últimas semanas de mi padre, porque no siempre quieres saber ciertas cosas debido a que lo que sabes se convierte en algo de tu propiedad, y hay ciertas cosas que tú no quisieras poseer nunca.

II

[...] habría que pensar en una actitud, o en un estilo, por los cuales lo escrito se volviera documento.

CÉSAR AIRA,
Las tres fechas

1

El tamaño de la carpeta era de treinta por veintidós centímetros y estaba confeccionada en un cartón de escaso gramaje y de color amarillo pálido. Tenía una altura de unos dos centímetros y estaba cerrada por dos cintas elásticas que podía que hubieran sido blancas alguna vez y que en ese momento tenían un ligero tono marrón; una de las cintas sujetaba la carpeta por lo alto y otra por lo ancho, lo que hacía que conformaran una cruz; más específicamente, una cruz griega. Unos seis o siete centímetros por debajo de la cinta elástica que sujetaba la carpeta por lo ancho y unos tres centímetros por encima del borde inferior de la carpeta había un cartel pegado cuidadosamente sobre el cartón amarillo. Las letras del cartel eran negras y estaban impresas sobre un fondo gris; el cartel apenas tenía una palabra y esa palabra era un nombre: «Burdisso».

2

En el interior de la carpeta, en su primera retiración, se repetía el cartel de la portada y se incluía el nombre completo de una persona, Alberto José Burdisso.

3

En la siguiente hoja de la carpeta aparecía un hombre de aspecto retraído cuyos rasgos apenas eran distinguibles en la fotografía, que acompañaba un artículo titulado «El misterioso caso de un ciudadano desaparecido». El texto del artículo era el que sigue: «Alberto Burdisso es un ciudadano de El Trébol y empleado del Club Trebolense desde hace muchos años. El misterio en cuanto [sic] a su persona comenzó a agigantarse cuando el lunes no se apersonó [sic] a trabajar y tampoco lo hizo el martes. Desde ese momento comenzaron a tejerse investigaciones y comentarios y los propios compañeros de la institución empezaron a averiguar por sus medios, yendo a su domicilio de calle Corrientes y viendo que no había movimiento en el lugar, solo [sic] su bicicleta tirada en el patio[,] custodiada por su perro[,] que se encontraba afuera. / »Desde el domingo, a "Burdi" nadie lo volvió a ver[,] y habría comentado a algún compañero de trabajo que se iba a ir el fin de semana a la ciudad de *osario. Este ciudadano [sic] habría cobrado su sueldo entre el viernes y el sábado, ya que Trebolense liquida los salarios el último día hábil de cada mes. / »"Nos llamaron el lunes a las 22 horas a la línea 101. Allí [sic] un compañero de trabajo nos dijo que no se había presentado al trabajo en el Club Trebolense. Entrevistamos a vecinos, y dimos conocimiento al Juzgado de Primera Instancia de San Jorge[,] que nos autorizó a hacer un 'expediente de averiguación de paradero', pero por ahora[,] en principio[,] lo que no quiere decir que descartemos otra posibilidad" [?], le manifestó el comisario Hugo Iussa a *El Trébol Digital*. Además agregó: "Hicimos una constatación de su domicilio y no percatamos señales de violencia en el lugar. Tenemos varias hipótesis y esperamos poder encontrarlo". / »Los compañeros de trabajo vieron a Burdisso por última vez el sábado al retirarse del trabajo en horas del mediodía mediodía [sic]. Allí[,] a un portero de la Institución [sic] le manifestó sobre [sic] la posibilidad de irse a *osario a pasear. / »Según algunos vecinos, se lo vio a Alberto José Burdisso[,] de 60 años, en inmediaciones de su barrio[,] por calle Corrientes al 438 el domingo a la tarde por última vez. / »Otra particularidad del ciudadano es que no tiene parientes en la ciudad, solo tenía [sic] una hermana desaparecida en la época de la Dictadura Militar y unos primos en la zona rural de El Trébol pero con los que no tenía casi contacto» (Fuente: *El Trébol Digital*, junio cuatro de 2008).

4

A este artículo de sintaxis absurda le seguía la ampliación de la imagen que lo acompañaba en la edición digital. En

ella se veía a un hombre de rostro redondo, ojos pequeños y una boca de labios gruesos paralizada en una especie de sonrisa. El hombre llevaba muy corto el cabello,
que era claro o canoso, y en el momento en que le tomaron la fotografía estaba recibiendo de manos de otro
hombre del que solo se veían un brazo y un hombro una
especie de plato conmemorativo de alguna índole. El
hombre —no hay razones para no creer que sea el mismo
Alberto Burdisso; es más, todo parece indicarlo— llevaba una camiseta deportiva de cuello en pico de un color aparentemente claro; de ella colgaban unas gafas sin
montura, que el hombre, tal vez por coquetería, se había quitado antes de ser fotografiado. El texto del plato
conmemorativo era ilegible en la fotografía.

5

Entonces es porque vivía en la misma pequeña ciudad en
la que creció mi padre, la ciudad a la que solía volver periódicamente y donde vive mi hermana, pensé la primera vez que leí la noticia. Ahora pienso también que detrás
de la sintaxis abstrusa y la jerga policial ridícula —¿qué
otra cosa eran frases como «pero por ahora en principio
lo que no quiere decir que descartemos otra posibilidad
[sic]»?— había una simetría y era una de acuerdo a la cual
yo estaba buscando a mi padre y mi padre estaba testi-
moniando la búsqueda de otra persona, de una persona a
la que él tal vez había conocido y que había desaparecido.

6

También está el misterio de quién testimoniaba y de quién se había interesado por su búsqueda, pero ese misterio es casi irresoluble para mí.

7

¿Qué era lo que yo recordaba de El Trébol? Una extensión de campo a veces amarillo y a veces verde pero siempre en la proximidad inmediata de las casas y de las calles, como si el pueblo fuese mucho más pequeño del modo en que lo recuerdo de lo que las estadísticas indican. Un bosquecillo de árboles que habían crecido al costado de unas vías de ferrocarril que ya no eran utilizadas y a las que la vegetación comenzaba a invadir: en el bosquecillo había ranas y había iguanas, que se recostaban sobre las vías en las horas de mayor calor y huían si descubrían que las estabas acechando. Entre los niños corría la historia de que si te veías obligado a enfrentarte a una iguana debías procurar ponerte siempre frente a ella, ya que si la iguana te daba un latigazo con la cola podía cortarte una pierna. Entre los niños también era popular el siguiente juego: capturábamos ranas en una acequia y las metíamos vivas en una bolsa de plástico, que depositábamos en la calle cuando pasaba algún coche: el juego consistía en que, después de que el coche hubiera destrozado la bolsa, cada uno de nosotros debía procurar armar una rana completa con los trozos desperdigados en las aceras a los costados de la calle; el que completaba antes la rana ganaba. Frente a la calle donde solíamos jugar a este rompecabezas de ranas había un viejo bar y almacén rural que había sido engullido por la ciudad y en el que mi abuelo paterno solía ir al atardecer a beber un vaso de vino y quizá también a jugar a las cartas. En verano podía comer helados de una tienda llamada Blanrec [sic] cuyo dueño, creo, no se llamaba así sino «Lino»; yo leía mucho cuando pasaba los veranos allí, y hacía largas siestas y, en general, pasaba mucho tiempo caminando por las calles, que eran como las calles de las pequeñas localidades del Medio Oeste estadounidense que uno puede ver en los filmes de la década de 1950; la edificación predominante eran los chalés, y todos estaban siempre cerrados, con las persianas ligeramente abiertas para poder espiar hacia el exterior. Al atardecer esta actividad era practicada de forma desembozada, como si hubiese acabado una veda que la prohibía exclusivamente a ciertas horas, y la gente solía llevar una silla a la acera y sentarse allí a conversar con los vecinos. A veces también veías gente a caballo en la ciudad. Naturalmente, todos se conocían y se daban los buenos días o las buenas tardes o lo que fuese, y se saludaban con nombres o apodos que excluían el uso de los apellidos porque cada uno de esos nombres y de esos apodos traía adherida una historia que era la historia del individuo que lo portaba y la de toda su familia, la presente y la pasada. Yo tenía unos tíos de mi padre que eran sordomudos y, por lo tanto, yo era el de los sordomudos o el nieto del pintor; los sordomudos producían mosaicos para los suelos, una profesión que creo que aprendieron en la cárcel, y tenían perros que respondían a nombres que ellos podían pronunciar pese a no poder hablar en un sentido real: los llamaban «Cof» y «Pop» y nombres así. Nunca había habido robos de importancia en el pueblo y sus habitantes solían dejar las puertas abiertas en verano y los automóviles abiertos y las bicicletas tiradas sobre el césped de los jardines anteriores. A la vuelta de la casa de mis abuelos, un hombre tenía un terreno donde criaba conejos; otro tenía una tienda de ultramarinos cuyos anaqueles se extendían hasta el techo, que era muy alto. A mí me gustaba el pan que vendía ese hombre. Me gustaban también los tés helados que hacía mi abuela y las canciones que silbaba mi abuelo, que siempre estaba silbando o tarareando cosas; tenía las manos destrozadas por el aguarrás que utilizaba para quitarse las manchas de pintura, pero, por lo que sé, había conocido épocas bastante peores. No había librería en la ciudad ni tampoco biblioteca; apenas una tienda de dos ancianas que traían la prensa y algunos cómics, que yo compraba si ellas me consideraban idóneo para leerlas y juzgaban que no contenían nada improcedente. No había absolutamente nada más para hacer en ese sitio excepto ir al cine que se encontraba en la calle principal y que ofrecía una sesión doble para niños; inevitablemente, puesto que el cine no formaba parte del circuito comercial y tenía un fondo limitado de filmes, éstos acababan repitiéndose, de modo que los niños teníamos que procurarnos otra diversión para la sesión doble: nos llevábamos unos caramelos a la boca y, cuando ya los habíamos salivado lo suficiente y estaban húmedos y pegajosos, los arrojábamos a las cabelleras de las niñas que ocupaban las primeras filas; algunos, particularmente crueles, reemplazaban los caramelos por chicles: el movimiento de llevarse las manos a los cabellos y tratar de quitarse lo que se ha pegado en ellos hacía que el chicle se pegara aún más, y había llanto y risas y amenazas. Me gustaba también la miel que producía un apicultor de la ciudad, pero excepto por estas cosas, no había nada para hacer allí más allá de espiar y ser espiado y sostener una impresión de solvencia y de seriedad que incluso los niños estábamos obligados a dar, con la visita semanal y obligatoria a la iglesia y el respeto de las celebraciones nacionales y, en general, con el cultivo consecuente de la hipocresía y de las apariencias, que parecían ser parte de una tradición local de la que los habitantes de El Trébol estaban particularmente orgullosos y habían decidido tácitamente que defenderían contra los embates de la verdad y del progreso, que en ese pueblo eran considerados extranjeros.

8

El siguiente artículo era del mismo medio de prensa digital y fue publicado un día después del primero. En él se leía: «No aparece Alberto Burdisso. Cumplidas las 72 horas de su desaparición, no hay demasiadas pistas que orienten a sus buscadores en la ciudad y en la región. Tras una intensa jornada de miércoles donde la policía local no paró de tomar declaraciones a compañeros de trabajo, familiares, vecinos y amigos, los Bomberos Voluntarios[,] en conjunto con la propia policía[,] llevaron a cabo un profundo rastrillaje por la región, caminos rurales, chacras, taperas y casas abandonadas que lindan al [sic] barrio donde Burdisso tiene su morada[,] con resultado total-

mente negativo. "Implementamos patrullajes y rastrillajes en zonas urbanas y suburbanas en espiral [sic] pero
hasta el momento no encontramos nada. Seguiremos
todo el día de hoy con más búsqueda. Se trabajó en zona
de canales, cloacas y también terrenos baldíos[,] pero[,]
por ahora[,] nada", explicó Hugo Yussa [sic] a "ElTrebolDigital" [sic]. Alberto Burdisso fue visto la última vez
el domingo por la noche cerca de su domicilio[,] por
calle Corrientes al 400. / »En horas de la tarde del miércoles, [sic] surgió otro dato importante[,] que fue que la
tarjeta de débito de Burdisso se encontró retenida en el
cajero automático de Banco Nación. "Lo de la tarjeta
ocurrió en la jornada del día sábado", explicó Iussa[,]
de la Comisaría IV. Desde los operativos de búsqueda se
pidió a las entidades bancarias Credicoop (de ahí [sic] fue
emitida la tarjeta) y Banco Nación (donde se encontró
en su cajero [sic]) brindar datos sobre movimientos mo-
netarios de las cuentas del ciudadano desaparecido».

9

Las hojas que le seguían estaban abrochadas en su margen
superior izquierdo; se trataba de las impresiones, muy de-
fectuosas, de una pequeña historia de El Trébol, que mi
padre había corregido y ampliado a mano: «Fundar, en
la acepción aplicable al nacimiento de El Trébol [ilegi-
ble]. No habiendo un acto único ni una voluntad expre-
sa relacionada con momento alguno, la determinación de
la fecha fundacional [tachado a mano]. La situación re-

sulta más complicada aún por haberse trazado casi simul-
táneamente tres urbanizaciones […]. Pueblo Passo en
1889, El Trébol en 1890 y Tais en 1892. La conjunción
de estos tres pueblos se produce en 1894 cuando, por de-
creto provincial, se establece la Comuna, todo bajo la única denominación de El Trébol, cuya [ilegible]. El 15 de
enero de 1890 parte desde Cañada de Gómez el primer
tren que pasó [sic] por [ilegible] familiares y amigos inmigrantes con el propósito de establecerse en estas tierras
[ilegible] del Ferro Carril Central Argentino, como la fecha fundacional de El Trébol, sin desmedro ni menosca-
bo [tachado a mano] su compleja interrelación configu-
ran [ilegible] rural [ilegible]. El nombre surgió durante la
construcción del ramal del Ferro Carril Central Argentino [ilegible] financiado con capitales de origen britá-
nico, siendo esta empresa subsidiaria la encargada de la
denominación de las estaciones que [ilegible] tres estaciones seguidas recibieran el nombre de los símbolos de
la Gran Bretaña. Así surgieron "Las Rosas" por las rosas
rojas y blancas del escudo de Inglaterra; "Los Cardos" en
recuerdo de Escocia; y "El Trébol" en homenaje a la flor
típica de Irlanda [ilegible] primeros colonos que llegaron a instalarse en nuestra colonia hacia 1889 fueron [ile-
gible] en 1895, el censo nacional de ese año le adjudicó
tres mil trescientos tres pobladores rurales y trescientos
treinta y tres en el casco urbano, lo que resulta [ilegible]
eran en su mayoría italianos, aunque también españoles,
franceses, alemanes, suizos, yugoslavos, rusos, "turcos" que
llegaron apiñados en los barcos con pasajes de tercera y
en la mayor parte [ilegible]. En 1914 se adquiere a los sres.
[sic] Victorio De Lorenzi y Marcos de la Torre el terreno
donde [ilegible] y en 1918 se efectúan algunas ampliaciones, se alquila una parte para la comisaría y se constru-

ye un salón de actos [ilegible]. En 1941 cuando se realizan los festejos del cincuentenario de El Trébol se [ilegible] la resolución de levantar un monumento recordatorio. Por lo que se encomendó a la escultora Elisa Damiano [ilegible] creación de dicho monumento. El motivo escultórico ideado consta en su base de cuatro figuras con sus manos entrelazadas que simbolizan los prototipos humanos de nuestra región. En su coronamiento una figura de mujer que simboliza la abundancia de la cosecha, materializada por la espiga de trigo y una bolsa del mismo cereal. La placa colocada sobre la cara oeste tiene esta inscripción: "El pueblo de El Trébol a los primeros inmigrantes". Un pequeño grupo de españoles funda en 1901 la Sociedad Española, en 1905 [ilegible] que fue obra exclusiva de los socios ya que lo construyeron ellos, trabajando los días domingo, de esta forma lograron inaugurar el Teatro Cervantes. Entre 1929 y 1930 se efectúa la ampliación del salón, decorado interior y camarines. La principal fiesta eran las Romerías Españolas, las cuales se celebraban los 12 de octubre, Día de la Raza [sic]. Se organizaban grandes bailes y el salón era iluminado con faroles a gas de mercurio debido a la falta de electricidad. Se contrataban bandas de música y gaiteros. Dichos músicos provenían de Buenos Aires, se les iba a esperar a la estación de tren, iniciándose desde allí una marcha por las calles del pueblo y se repartían antorchas encendidas a los participantes que acompañaban a las bandas [ilegible] sucumbe en 1945 [ilegible]. En 1949 se resuelve erigir un Mástil y Altar de la Patria en el centro de la plaza, por lo que fue demolido el tradicional [ilegible]. Además se impuso a la plaza el nombre de General San Martín [ilegible] inaugura el primer templo católico de El Trébol, bajo la advocación de San Lorenzo Mártir. En 1921 el presbítero Joaquín García de la Vega es [ilegible] y en 1925 se coloca [ilegible] monumental edificio de estilo toscano renacentista [tachado]. En septiembre [agregado a lápiz: "de 1894"] se cita a los señores Enrique Miles, Santiago Rossini y José Tais para construir el cementerio. El 19 de noviembre del mismo año se funda oficialmente la Sociedad Italiana de Ss. Ms. "Estrella de Italia". En el año 1896 se nombra al primer sepulturero, Casimiro Vega [ilegible]. En el año 1897 se resuelve construir el matadero municipal [ilegible]. El 16 de septiembre de 1946 se funda el Club Atlético. El [ilegible] se inaugura el Club Dadores Voluntarios de Sangre. En el año 1984 se realizan los actos para elevar el pueblo al rango de ciudad mediante la sanción de una ley provincial [ilegible]. Fiesta Nacional de la Ordeñadora [ilegible] fabricación de la primera ordeñadora mecánica de Sudamérica [ilegible] la Reina Nacional, seleccionada entre las representantes de distintos lugares de la geografía santafesina. El primer festejo fue organizado por el Club Atlético Trebolense, en [ilegible] del Tango: debido al notable impulso que tomó la música ciudadana en El Trébol durante la última [ilegible] que soñaron para su descendencia [tachado a mano] en el mes de febrero en el flamante corsódromo con la organización de la Municipalidad de El Trébol, donde se puede apreciar el desfile de carrozas, comparsas, postulantes a Reina del Carnaval, los juegos con espuma, y el baile popular al [ilegible] en el corazón de la denominada "Pampa Húmeda", la mayor zona cerealera de Sudamérica y una de las más importantes del mundo en cuanto a calidad y cantidad de tierra cultivable, apta para todo tipo de especies vegetales y cría de ganado».

10

Otro artículo, del mismo medio de los anteriores y publicado el seis de junio de 2008: «El comisario Odel Bauducco manifestó detalles a "ElTrebolDigital" sobre la búsqueda intensa que se lleva a cabo. "De manera personal y de oficio empecé a trabajar en la búsqueda de esta persona. La gente de Bomberos se ofreció a trabajar y lo hace junto a nosotros en los rastrillajes. Por ejemplo, ayer Bomberos trabajó en zona rural, en María Susana, Bandurrias y Los Cardos[,] sin resultados." Sobre el traspaso de fronteras en la búsqueda para hallarlo, Bauducco señaló: "El mismo día domingo[,] una foto de esta persona llegó a cada comisaría del país. Tengo claro hasta las seis de la tarde del domingo cuando esta persona fue a un domicilio particular. Después nadie me puede decir más nada. No te puedo aportar qué hizo o que [sic] dijo en ese domicilio porque está bajo secreto de sumario". / »El comisario además desestimó algunas versiones y rumores que recorrieron las calles en las últimas horas: "No estoy al tanto de que alguien lo haya visto el lunes a la mañana en una entidad bancaria. La tarjeta de débito fue encontrada antes de que se lo viera por última vez. Incluso tengo en mi poder el ticket [sic] de la tarjeta que fue encontrada en su domicilio. Ahora estamos pidiendo a la mayor cantidad de gente que sepa algo de él que se llegue a brindar información"».

11

En una hoja impresa, una serie de datos que parecían extraídos de una enciclopedia —«32°11'21"S 61°43' 34"O; 92 metros sobre el nivel del mar; 344 km?; 10.506 habitantes, aproximadamente; gentilicio: trebolense; código postal: S2535; prefijo telefónico: 03401»— y debajo de ellos unas notas manuscritas, tomadas probablemente por mi padre: «dos equipos de fútbol: el Club Atlético Trebolense y el Club Atlético El Expreso; "El Celeste" y "El Bicho Verde"; y el "Club San Lorenzo", que está al lado de la iglesia; cuatro escuelas primarias y dos escuelas secundarias y una escuela especial; 16.000 habitantes».

12

«Sin novedades en el caso Burdisso. Alberto José Burdisso no aparece. Parece que la tierra se lo hubiera tragado desde el domingo pasado. A una semana de su desaparición, los datos y las pistas son escasas [sic]. Solo apareció su tarjeta de débito trabada en el cajero de Banco Nación el sábado. Después ya nada más se supo. Los volantes repartidos por sus compañeros de trabajo indican la desesperación y el interés de ellos en encontrar rastros. Desde la policía nada se sabe o muy poco y el resto está bajo secreto de sumario. Los Bomberos Voluntarios terminaron su búsqueda el jueves pasado por toda la región y sobre el fin de semana un rumor de que el cuerpo del desaparecido empleado de Club Trebolense había sido encontrado sin vida en un pozo quedó rápidamente desmentido. Han pasado declaraciones [sic] en la policía y[,] además[,] búsquedas por diferentes lugares. Los ciudadanos de El Trébol exigimos una explicación o una respuesta a un misterio que no tiene que ser ajeno a su gente[,] porque esto nos puede pasar a todos» (*El Trébol Digital*, junio nueve de 2008).

13

Un volante, arrugado en su ángulo superior izquierdo, con la misma fotografía del desaparecido publicada a manera de ilustración del artículo del día cuatro, y el texto: «Alberto José Burdisso. / »Se busca paradero. / »Fue visto por última vez el día 1 de junio de 2008. Cualquier datos [sic] comunicarse a los compañeros de trabajo de C. A. Trebolense, / »Policía 101, Bomberos 100 / »Se agradecerá cualquier información, / »Compañeros de trabajo».

14

Una encuesta, publicada en el mismo medio local bajo el título «[¿]Qué opina del caso Burdisso?» permite conocer cuáles eran las principales hipótesis en torno a la desaparición y qué pensaban del asunto los habitantes de la ciudad. Sus resultados son los siguientes: «Va a aparecer (2,38 %); No va a aparecer más (13,10 %); Va a aparecer con vida (3,57 %); Va a aparecer sin vida (25,00 %); Se fue por ahí sin avisar (4,76 %); Hay un tema pasional en el medio (25,00 %); Lo secuestraron (8,33 %); Está sin vida por causas naturales en algún lugar (3,57 %); Se fue de la ciudad por algún motivo (2,38 %); No sé qué pensar (11,90 %)». Una ojeada rápida a estas cifras permite establecer que la mayor parte de los habitantes de la ciudad —muchos de ellos involucrados en la búsqueda del desaparecido, como afirma la prensa local— creía por entonces que éste iba a ser encontrado sin vida, y que el origen de su desaparición era un crimen pasional. Sin embargo, ¿quién podía tener interés en cometer un crimen pasional contra un vulgar trabajador de un club de provincias, una especie de tonto faulkneriano cuya presencia en la ciudad, que había pasado desapercibida hasta entonces para todos sus habitantes con excepción de un pequeño círculo, era tolerada de la misma forma en que se tolera una tormenta de polvo o una montaña, con una resignación indiferente?

15

Por cierto, si se suman los porcentajes mencionados anteriormente el resultado es 99,99 por ciento. El 0,01 restante, que falta o solo está presente como una carencia en la estadística, parece ocupar el lugar del desaparecido;

parece estar allí como aquello que no se puede decir, que no se puede nombrar siquiera; en el lugar de todas las posibles explicaciones a la desaparición que los redactores de la encuesta han omitido mencionar −y que pueden mencionarse aquí brevemente, incluso aunque se sepa que son improbables o falsas: ha ganado la lotería, ha decidido iniciar un viaje y en este mismo momento está en Francia o en Australia, ha sido abducido por extraterrestres, etcétera− y que están allí para probar tan siquiera que la realidad es absolutamente irreductible a una estadística.

16

«Diez días sin Burdisso: Alberto José Burdisso vivía solo en su casa de calle Corrientes al 400 de la ciudad de El Trébol. Su domicilio está a unas cuatro cuadras de Club Trebolense, donde frecuentaba [sic] por la mañana y la tarde de lunes a sábado para realizar sus tareas laborales desde hacía muchísimos años. Era un personaje simple, popular y amigable con la gente que lo rodeaba. No tenía casi familia, salvo algún familiar que vive en la zona rural de la ciudad y con el que no había relación. [...] El lunes 2 de junio[,] al no ir a trabajar, sus compañeros del Club se extrañaron [sic] y ya por la tarde llamaron a la policía y les comentaron [sic] sobre su ausencia. Ese mismo lunes por la noche, al ir los amigos hasta su casa[,] se encontraron con la bicicleta tirada en el patio de su casa y al lado, su fiel perro[,] que lo seguía a donde fuera. [...]

Los Bomberos de la ciudad completaron rastrillajes en espiral desde su domicilio y hacia el exterior. Se revisó cada camino rural, tapera [una vivienda rural que se encuentra en ruinas y abandonada] y casa desabitada [sic] además de la laguna de cloacas y zanjas. Fueron cuatro o cinco días de búsqueda desesperada. Llegaron hasta Las Bandurrias, Bouquet, Pueblo Casas, María Susana y Los Cardos. [...] Mientras tanto[,] ya pasaron 10 días desde su desaparición. Cómo [sic] datos adjuntos pero no menores, se podrá señalar que "Burdi" cobró hace tres años un dinero [...] que de eso ya no le quedaba nada. Que vivía de un sueldo que religiosamente le pagaba el club el último día hábil de cada mes (casualidad [sic] que cobró el viernes antes de desaparecer). Que era una persona de tener "compañías temporales" y no mucho más. / »Nadie sabe nada. Nadie vio nada, nadie escuchó nada. En la ciudad todos murmuran el tema por lo bajo[,] como si tuvieran miedo de algo, sin saber que[,] si se dejan pasar estas cosas, mañana lo mismo nos puede ocurrir a cualquiera de nosotros. / »Al respecto[,] el comisario Bauducco manifestó: "No me siento presionado por la gente de la ciudad porque estas cosas pasan y nosotros trabajamos mucho para tratar de esclarecer [el caso]. [...] Tenemos nuevos testimonios y nuevos caminos a seguir. Puede o no haber novedades en las próximas horas. [...] Yo le pido a la gente que quiera acercarse y traernos algún dato que será bienvenida [sic]. No hay detenidos porque no hay delito[,] en principio. Es obvio que[,] en caso de que la persona aparezca fallecida[,] dejaría [sic] de ser una carátula de pedido de paradero y trabajaríamos sobre otros temas". / »Un rato más adelante [sic] Bauducco dijo: "Dentro de la casa de Burdisso no se encontró ninguna señal de violencia ni tampoco de que

fuera a viajar. La puerta estaba cerrada y hay otros detallecitos" [sic]» (*El Trébol Digital*, junio once de 2008).

17

En este artículo puede leerse por primera vez cómo el
asunto Burdisso ha pasado de ser un caso policial –la-
mentable, sí, confuso, sí, pero también bastante pueril–
a convertirse en una especie de amenaza imprecisa pero
que afecta al colectivo. «Nadie sabe nada. Nadie vio
nada, nadie escuchó nada. En la ciudad todos murmuran el tema por lo bajo[,] como si tuvieran miedo de
algo», escribe el anónimo autor del artículo. Y, sin embargo, nunca especifica qué es lo que puede suceder a
quien hable, si la desaparición o lo que se supone detrás
de ella, un accidente o un asesinato, esté tal vez relacionado con el dinero al que se hace referencia pero del que
se dice también que ya no queda nada. ¿Y por qué reci-
biría todo ese dinero un tonto faulkneriano?, me pregunté. ¿Y qué eran esos «detallecitos» mencionados por
el funcionario policial? En este punto, también, el desaparecido dejaba de ser el motivo de preocupación de los
habitantes de la ciudad y, en su lugar, en el lugar que dejaba el desaparecido, lo que emergía era un temor colectivo, el temor a una repetición y, en cierta forma, el temor a la pérdida de la tranquilidad casi proverbial de El
Trébol. En ese punto, si se quiere, se producía el tránsito inevitable de la víctima individual a la víctima colectiva, como lo testimonia el siguiente artículo, publicado

el día doce de junio en el mismo medio local de todos los anteriores: «Los amigos de Alberto Burdisso, el ciudadano desaparecido misteriosamente hace 11 días, organizaron una marcha a la Plaza San Martín para pedir por el esclarecimiento del caso que es[,] a esta altura de los días [sic], todo un misterio para todos los trebolenses. La concentración está prevista para las cinco de la tarde y se espera una buena convocatoria en el lugar. Mabel Burga, en la mañana del miércoles señaló a Radio El Trébol: "Que vayan los que sientan que es importante pedir por Alberto y por la seguridad en El Trébol"».

18

A continuación, en la carpeta de mi padre, había un mapa doblado en cuatro pliegos; era un mapa de la región de El Trébol y estaba marcado con un resaltador amarillo y con dos bolígrafos, uno de tinta roja y otro de tinta azul: con el resaltador habían sido marcadas zonas completas y con el bolígrafo azul, los itinerarios de la policía encargada de la investigación. El bolígrafo rojo había sido utilizado para marcar los itinerarios de búsqueda de otra persona, que se habían decantado principalmente por aquellos sitios donde la policía no había buscado y por los bosquecillos y las casas abandonadas de la periferia y un arroyuelo cercano. En los bordes del mapa aparecían unas indicaciones ilegibles escritas a mano con una letra apresurada pero forzosamente minúscula para aprovechar los márgenes de la imagen. Esa letra, puedo reconocerla aún, era la de mi padre. El mapa estaba ajado y tenía trazas de barro en el ángulo superior derecho, lo que hacía pensar que había sido utilizado en el terreno mismo, durante una búsqueda, por mi padre.

19

Un titular del día trece de junio, de *El Trébol Digital*: «Ahora lo buscan a Burdisso con perros».

20

Ese mismo día, la prensa regional mostró interés por el caso por primera vez; en la carpeta de mi padre había una fotocopia de una noticia publicada en el periódico *La Capital* de *osario con el título «El Trébol marcha por la aparición de un vecino». Alguien, supongo que mi padre, había subrayado lo sustancial del artículo, que es lo que sigue: «"Contra la impunidad y a favor de la vida", es la consigna de esta marcha que exigirá que se investigue hasta las últimas consecuencias la desaparición. [...] En su casa, el personal policial encontró las luces encendidas, con signos de haber sido revuelta y con la aparente falta de algunas pertenencias. [...] El martes, una de las entidades bancarias de la ciudad acercó a la policía local la tarjeta de débito de Burdisso, la que fue retenida en el cajero automático, aunque no existe una filmación que ayude a identificar a quién intentó utilizarla. Además, trascendió que el plástico habría sido retenido por el cajero automático el sábado 31 de mayo al mediodía; es decir, 24 horas antes de su desaparición. […] Se sabe que ese dinero duró poco y que con parte del mismo compró una casa a medias con una de las mujeres que lo acompañaban temporalmente. También compró vehículos y se afirma que[,] tras percibir esa suma[,] se vinculó con gente "de mala vida", por lo que lo habría malgastado […]».

21

Un lector ingenuo puede preguntarse en este punto cómo es que la prensa regional afirma que la policía encontró rastros de violencia en la casa del desaparecido cuando la prensa local sostiene que no ha sido así, que, al ir a buscarle, sus amigos encontraron la puerta de la casa cerrada y la bicicleta —sin olvidar el tan literario detalle del «fiel perro», que seguía a su amo «a donde fuera»— frente a la casa. El lector puede preguntarse por qué no funcionaba la cámara de seguridad del cajero automático en el momento en que la tarjeta de débito del desaparecido fue utilizada por última vez. Una vez más: el lector ingenuo puede preguntarse quiénes serían las personas «de mala vida» a las que hace referencia el artículo, pero allí, para quien haya vivido en la ciudad donde transcurren los hechos, la respuesta es simple: «de mala vida» es, en El

Trébol, cualquier persona que no haya nacido en la ciudad. Un extranjero, aunque su extranjería se remonte a un par de kilómetros de distancia, al supuesto infortunio de nacer al otro lado de una cañada, un poco más allá de un monte de eucaliptos o en el lado opuesto de las vías del ferrocarril, en todo el orbe que se extiende fuera de la ciudad y que para los habitantes de El Trébol es un mundo inhóspito y hostil donde el frío corta la carne y el calor la quema y no hay sombra ni abrigo.

22

En este punto, los artículos que había reunido mi padre comenzaban a repetirse. Quien los lee retiene apenas unas frases: «Los bomberos buscaron a Burdisso por zonas rurales»; «[…] con resultados negativos […]»; «"Es muy difícil buscar así, sin pistas", manifestó el jefe de Bomberos[,] Raúl Dominio a […]»; «El día viernes próximo pasado se reanudó la búsqueda nuevamente entre personal policial, personal de Bomberos y personal municipal, […] esta véz [sic] se utilizó una mayor cantidad de personal y se rastrilló palmo a palmo cada sector»; «trabajaron en su búsqueda la Brigada Especial de Perros de la Policía de Santa Fe y detectives especializados, pero no lograron dar con el hombre», etcétera. De todos ellos destacaba uno, publicado en *El Ciudadano & La Región* de la ciudad de *osario, uno de cuyos párrafos comenzaba diciendo: «Alberto José Burdisso vive solo en su casa de calle Corrientes al 400 de la ciudad de El Trébol»; yo sabía que ése era el periódico donde trabajaba mi padre y sabía también que en esa frase había un deseo o una esperanza, todo puesto en el tiempo verbal que había utilizado el redactor, y comprendí que ese redactor era mi padre y que, de haber podido prescindir de las convenciones de la literatura periodística, a mi padre le hubiera gustado ser más breve y dejar constancia de su convicción, de su deseo o de su esperanza, sin recursos retóricos, toda allí y sin eufemismos: «Alberto José Burdisso vive».

23

«En un acto multitudinario de casi 1000 [sic] personas, la ciudad de El Trébol reclamó contra la impunidad del caso Burdisso y el no esclarecimiento de su misteriosa desaparición. / »Desde las cinco de la tarde del lunes feriado[,] la Plaza se comenzó a poblar de gente que[,] autoconvocada[,] firmó un petitorio que ira [sic] a parar a las manos del juez Eladio García de la ciudad de San Jorge. [...] En pleno acto fue primero el dr. Roberto Maurino, compañero en la infancia de Burdisso en la escuela[,] quién [sic] dirigió palabras al público. [...], manifestó Maurino a una atenta audiencia que no paraba de firmar petitorios. Un rato después fue Gabriel Piumetti, uno de los organizadores de la marcha junto a su madre[,] quién [sic] señaló [...] La gente aplaudió cada palabra y[,] al grito de "Justicia, justicia!!!" [sic], se hizo oír en el anfiteatro por un largo rato. / »Tras los primeros discursos, alguien entre el público grito [sic] "[¡]Que hable el comisario!"[,] que estaba entre la gente. Fue entonces cuando el titular de la Comisaría IV de la ciudad[,] Oriel Bauducco[,] expresó […]. En ese instante surgieron reclamos airados de parte del público y se escucharon diferentes preguntas: "[¿]Porqué [sic] buscaron a Burdisso con perros diez días después de su desaparición?"[,] disparó una ciudadana[,] y de inmediato siguió otra pregunta: "[¿]Porqué [sic] dejaron que a dos días de su desaparición desalojaran y limpiaran la casa de Burdisso cuando debería estar con fajas de seguridad?". Fue ése el momento de máxima tensión en la Plaza ante un público que clavó la mirada en la autoridad máxima esperando una respuesta que nunca llegó. […] atinó a decir Bauducco[,] que después escuchó como [sic] diferentes ciudadanos recriminaban la falta de controles en las calles y la ausencia de patrullajes en la ciudad. / »Minutos después el Intendente Fernando Almada se dirigió al público pidiendo […]. Además de Almada se vio entre el público a los concejales de la ciudad, al ex intendente, hoy secretario de […], y a los empleados y Comisión Directiva de Trebolense, lugar donde trabajaba Alberto Burdisso» (*El Trébol Digital*, diecisiete de junio de 2008).

24

En el ángulo inferior del artículo había una fotografía. En ella se veía a un grupo de personas –tal vez de verdad fueran mil, como afirma el redactor anónimo del artículo, aunque no lo parece– que escuchaba a un orador calvo.

En el fondo de la fotografía, una iglesia que yo conocía, con una torre desproporcionada en relación con el resto del edificio, que parecía un cisne acurrucado en la orilla estirando su cuello en procura de hacerse con algo de alimento. Al verla, recordé que mi padre alguna vez me había contado que mi bisabuelo paterno había subido a la antigua torre de la iglesia, que había sido dañada en un terremoto o en una catástrofe natural semejante, para limpiarla de escombros con la finalidad de que pudiera ser reconstruida, y que esto no había carecido de mérito porque las vigas de madera de la torre estaban podridas por haber permanecido a la intemperie y al hacerlo mi bisabuelo había puesto en riesgo su vida y el hilo inevitable de paternidades que conducía hasta nosotros; pero en ese momento no pude recordar si mi padre me había contado la historia o si ésta era inventada, una extrapolación de un símil imaginario entre la delgadez de la torre y la de mi abuelo paterno tal como yo lo recordaba, y aún hoy no sé si fue mi bisabuelo paterno o mi bisabuelo materno el que subió a la torre y tampoco sé si alguna vez la torre de la iglesia sufrió deterioro alguno, puesto que las catástrofes naturales son escasas en El Trébol, y, además, en la región no suele haber terremotos.

25

«Tres casos de homicidio, desapariciones y secuestro en un año en la ciudad», afirmaba otro de los artículos, y destacaba: «Tres casos impunes».

Una vez más, la palabra clave aquí era «desaparición», repetida de una u otra forma en todos los artículos, como una escarapela fúnebre en la solapa de todos los tullidos y los desgraciados de Argentina.

26

Un artículo en el matutino *La Capital* de la ciudad de *osario del día 18 de junio ampliaba, corregía y contextualizaba la información del artículo precedente: la manifestación había reunido a ochocientas personas y no a mil, el petitorio rubricado por los presentes solicitaba «que no se investigue solo por averiguación de paradero», lo que, sumado a la alternancia del pretérito imperfecto y del pretérito indefinido en la mayor parte de los discursos pronunciados ese día, hacía suponer que los manifestantes sospechaban por entonces que Burdisso había sido asesinado y requerían que la justicia considerara también esta posibilidad. A la vez, la masificación del reclamo, con su advertencia explícita de que lo sucedido a Burdisso podía ocurrirles también a otros, parecía desplazar el foco de la atención del hecho policial aislado a la amenaza omnipresente y generalizada. En un punto, puede decirse, las ochocientas personas que tomaron parte en la manifestación —una multitud insignificante, si, como sostiene otro artículo, se recuerda que la población

de la ciudad es de trece mil habitantes– ya comenzaban
a dejar de solicitar «justicia» para Burdisso y empezaban a
exigirla para sí mismos y sus familias. Nadie quería que le
sucediera a él lo que le había sucedido a Burdisso y, sin
embargo, nadie sabía por entonces qué era eso que le había pasado y nadie se preguntaba por qué le había pasado
a él y no a otro, a alguna de las personas que conjuraba su
miedo con una manifestación y un petitorio.

27

Un par de cartas de lectores publicadas en *El Trébol Digital* el 18 y el 19 de junio de ese año: en una se denuncia-
ba «el humor negro» de un mensaje de texto anónimo
que proponía marchar por la desaparición, ya no de Burdisso, sino de los rivales deportivos de su equipo; otra se
preguntaba si a Burdisso se lo había «tragado la tierra».

28

Una encuesta, publicada en el mismo medio el día 18 de
junio, ofrecía apenas ligeras variaciones con respecto a la
encuesta anterior, publicada una semana atrás. «Va a aparecer (2,64 % sobre el 2,38 % anterior); No va a aparecer más (11,45 % sobre 13,10 %); Va a aparecer con vida

(2,64 % sobre 3,57 %); Va a aparecer sin vida (28,63 % sobre 25,00 %); Se fue por ahí sin avisar (5,29 % sobre 4,76 %); Hay un tema pasional en el medio (24,67 % sobre 25,00 %); Lo secuestraron (5,29 % sobre 8,33 %); Está sin vida por causas naturales en algún lugar (2,20 % sobre 3,57 %); Se fue de la ciudad por algún motivo (5,73 % sobre 2,38 %); No sé qué pensar (11,45 % sobre 11,90 %).»

29

El título de otro artículo: «Llega gente de Criminalística a la ciudad por el caso Burdisso». La fecha de su publicación: el día diecinueve de junio de 2008. El descargo de la actuación de la policía local, a cargo del titular de la Unidad Regional XVIII: «[…] sobre la rapidez con la que se ocupó la vivienda de Burdisso y la demora en la llegada de la brigada de perros a la ciudad, el dr. Gómez señaló: "Son dos cosas distintas. Lo de la vivienda [sic] hay que saber que al no haberse comprobado nada trágico no se puede no habitar la vivienda[,] y lo de los perros es porque se fueron buscando elementos más finos [sic]. La presencia de la sección perros estuvo y volverá a estar pronto. A Burdisso lo buscamos en todo el territorio nacional y desde el primer momento lo hacemos" […]». Una declaración, del mismo funcionario: «Por ahora lo buscamos vivo».

«Pido que aparezca en el caso de que se haya ido solo, y si aparece muerto, que aparezcan los culpables. Les pido a todos los que hayan estado ahi [sic] [en la manifestación del día diecisiete], [que] también lo hayan hecho por compromiso, nadie está exento de nada, nos puede pasar a cualquiera de nosotros», Raquel P. Sopranzi en *El Trébol Digital* del día 20 de junio de 2008.

31

Si continúo leyendo en la carpeta de mi padre, un titular de *El Trébol Digital* del día veinte de junio se imprime sobre una imagen idílica del pueblo con la incongruencia de un artefacto moderno en una fotografía antigua: «Ahora encontraron un cuerpo en un pozo abandonado».

32

«En la mañana de hoy[,] promediando las 10 hs.[,] el cuerpo de zapadores de Bomberos Voluntarios de El Trébol[,] tras intensas búsquedas[,] hallaron [sic] un cuerpo en la profundidad de un aljibe abandonado. El hecho se produjo en un campo a 8 kilómetros de la ciudad de El Trébol[,] donde existe una vieja tapera [edificación abandonada] con dos antiguos pozos de agua. El cuerpo apareció abajo de muchos escombros y chapas. La policía trabajó en el lugar mientras los bomberos realizaban operaciones en el exterior del hueco. Promediando el mediodía se logró extraer un cuerpo masculino de unos ochenta y cinco o noventa kilos y de aproximadamente 1,70 de altura vestivo [sic] con pantalón y saco azul y remera blanca. Hasta el lugar llegó el juez de la ciudad de San Jorge[,] dr. Eladio García[,] junto con brigadas especiales y personal de la Unidad Regional XVIII con asiento en Sastre. / »El dr. Pablo Cándiz, médico forense[,] realizó la primera inspección del cadáver[,] que luego fue derivado a la ciudad de Santa Fe para que se le realice la autopsia correspondiente. / »"No tenemos datos de otros casos de pedido o averiguación de paradero en la región", le manifestó el subjefe de la Unidad Regional XVIII[,] comisario mayor Agustín Hiedro[,] a "ElTreboldigital" [sic] desde el lugar[,] y agregó: "Llegamos hasta el lugar por una denuncia de que alguien había estado en ese campo y había sentido un olor penetrante en cercanías de un pozo. Se trabajo [sic] intensamente en la tardecita [sic] del jueves hasta que por la escasa luz se decidió continuar con los trabajos en la mañana del viernes[,] y así llegamos hasta aquí a primera hora". / »El cuerpo aparecido en la profundidad de la grieta reúne características similares físicas [sic] a Alberto Burdisso, misteriosamente desaparecido hace exactamente veinte días».

El artículo estaba acompañado de algunas fotografías. En la primera podía verse a unas cinco personas asomándose a un pozo; puesto que todas las figuras estaban inclinadas, no podían reconocerse sus rostros, aunque se podía observar que una de ellas, la tercera desde la izquierda, ubicada precisamente en el medio de los hombres, tenía el cabello blanco y llevaba gafas. En la siguiente fotografía se veía a un bombero descendiendo al pozo con una cuerda; el bombero llevaba un casco blanco con el número treinta. En otra fotografía se veía ya al bombero en el interior del pozo, apenas iluminado por la luz del exterior que entraba por la boca del agujero y por una lámpara que llevaba adosada al casco. En la siguiente se veía a tres bomberos con su equipamiento; al fondo, un féretro o caja envuelta en plástico negro. En las dos fotografías que la seguían se veía a unas cinco personas cargando el féretro; una de ellas se tapaba el rostro con un pañuelo, quizá para evitar las emanaciones del cadáver. En la imagen siguiente se veía a los bomberos introduciendo el féretro en una camioneta que tal vez cumplía las funciones de una ambulancia y tal vez no; había un hombre filmando, con las manos en los bolsillos; otros dos hombres sonreían. En la última fotografía, cuya situación rompía la aparente continuidad temporal del orden de las imágenes en el reportaje, se veía el féretro antes de ser transportado hasta la camioneta; se encontraba sobre el suelo, que estaba partido en terrones grandes y oscuros de tierra apelmazada, y no se veía a nadie cerca de él, el féretro estaba completamente solo.

Pregunta: «¿Es cierto que el cuerpo hallado tiene una cicatriz en el torso como la que tenía Burdisso?». Respuesta: «Es cierto que el cuerpo tiene una cicatriz importante
como esa [sic]». Pregunta: «¿Qué datos arrojará la autopsia?». Respuesta: «La misma autopsia determinará la causal
[sic] de muerte y la causa más allá del estado de putrefacción». Pregunta: «¿Cómo estaba el cuerpo?». Respuesta:
«El cuerpo tiene una serie de circunstancias que los médicos lo [sic] plasmarán en su informe». Pregunta: «¿A qué
se refiere? ¿A golpes y heridas?». Respuesta: «Efectivamente. Los médicos lo certificaron con otros detalles que ayudarán al médico forense». Pregunta: «¿En el rostro o en el
cuerpo?». Respuesta: «En su cuerpo». Pregunta: «¿Herida
de bala?». Respuesta: «En principio no han sido observadas». Pregunta: «¿De objetos contundentes?». Respuesta:
«No hay detalles de ese tipo». […] Pregunta: «¿Hay detenidos?». Respuesta: «Hay personas citadas en El Trébol y
en otras dependencias del departamento». Pregunta: «¿Podría cambiar la carátula de la causa?». Respuesta: «Eso lo
dirá el juez competente […]». Pregunta: «¿Hay prófugos?».
Respuesta: «Las personas citadas comparecieron y están en
las dependencias respectivas». Pregunta: «¿Quién notificó de que [sic] podría haber un cuerpo en ese campo?
[¿] Es cierto que era un cazador?». Respuesta: «La persona que da conocimiento [sic] puede ser alguien que se dedicaba a la caza y sintió los olores». Del diálogo entre el
redactor o la redactora y Jorge Gómez, de la Unidad Regional XVIII, *El Trébol Digital*, veinte de junio de 2008.
Título del artículo: «"Tenemos datos que nos dicen que
el cuerpo aparecido podría ser el de Alberto Burdisso"».

«"Vinimos en la noche del jueves con personal policial. Había rastros y todo hacía indicar que podía haber algo. Es un lugar desagradable aún [sic] de día, muy peligroso[,] y de noche no se podía seguir. Por eso vinimos con dieciocho hombres y trabajamos a unos diez metros de profundidad con trípode y aparejos para extraer la persona haciéndola más liviana. […] Es un trabajo que no es la primera vez que se hace. […] Les tocó a ellos [los bomberos voluntarios Javier Bergamasco y 'Melli' Maciel] con [sic] la tarea más dura[,] pero es una tarea en equipo."» Declaraciones del jefe del Cuerpo de Bomberos Voluntarios de El Trébol, Raúl Dominio, a *El Trébol Digital*, veinte de junio de 2008.

36

Antes incluso de que se hicieran públicos los resultados de la autopsia al cadáver hallado el día veinte de junio, la acumulación de indicios −en particular la cicatriz mencionada en el diálogo entre el jefe de la Unidad Regional XVIII de la policía y un redactor anónimo− y, cabría agregar, un deseo explícito de que el desaparecido sea encontrado −vivo o muerto, podría decirse−, parecen haber llevado a que se admitiera tácitamente de inmediato que el cadáver hallado era el del desaparecido; de hecho, en el siguiente artículo que mi padre había reunido, un artículo del día veintiuno, se afirmaba ya sin ambages que «El cuerpo de Alberto Burdisso llegará a la ciudad promediando las trece horas» y se anunciaba el nombre del tanatorio en el que sería velado, el responso en la parroquia San Lorenzo Mártir –la iglesia del fondo en la fotografía de la manifestación que tuviera lugar cuatro días atrás– y un cortejo fúnebre por calles con nombres como San Lorenzo, Entre Ríos, Candiotti y Córdoba. Sin embargo, la asociación entre el cadáver hallado en el pozo y la desaparición de Burdisso no debería ser aceptada por el lector sin que éste se preguntase previamente por qué alguien querría asesinar a un idiota faulkneriano, a un adulto con el cerebro de un niño, alguien que no bebía, que no jugaba y que carecía de toda fortuna, alguien que debía trabajar diariamente para subsistir en las tareas más simples como limpiar una piscina o reparar un tejado. Esa pregunta, que atravesaba los artículos de los días siguientes en la carpeta de mi padre, es tal vez una pregunta de índole pública; de índole privada, tan íntima que tan solo podía hacérmela a mí mismo, que no sabía responderla por entonces, era por qué mi padre se había interesado tanto por la desaparición de alguien a quien tal vez ni siquiera conociera, uno de esos rostros que uno ve en un pueblo y que puede asociar a un nombre o dos –el suyo, el de su padre– y sin embargo no significan mucho, son parte del paisaje como una montaña o un río; y pensé que el misterio era doble: el de las particulares circunstancias en que Burdisso había muerto y el de las motivaciones que habían llevado a mi padre a buscarlo, como si esa búsqueda fuese a aclarar un misterio mayor más profundamente hundido en la realidad.

Más fotografías: un automóvil blanco detenido frente a una multitud, de niños principalmente, que aplaudía a las puertas de un local con un cartel que decía «Club Atlético Trebolense M.S. y B.»; yo no sabía qué significaban las siglas, pero la figura de un hombre desproporcionadamente musculoso que sostenía en cuclillas un escudo con las siglas «C.A.T.» me resultaba conocida; de las ventanillas del coche salían racimos de flores que parecían a punto de caer sobre el asfalto. En la siguiente fotografía se observaba la misma escena desde otro ángulo, con el fotógrafo situado entre los dolientes; su ubicación permitía apreciar que también en la acera de enfrente se habían reunido espectadores. Había más fotografías, registradas en el mismo momento pero desde diferentes ángulos; de todas ellas, lo que más llamó mi atención fue el contraste entre el coloso desnudo que presidía el cartel con las siglas y los abrigos de los espectadores. A continuación había dos imágenes de un anciano que hablaba de pie junto al coche; el anciano estaba calvo, llevaba gafas y un abrigo oscuro; del coche surgía un racimo de flores a las que alguien había agregado una especie de estola o de faja con una frase, de la que solo podía leerse la palabra «directiva». El rostro del anciano me resultaba familiar y me pregunté si no era aquel dentista que me había quitado una espina de pescado de la garganta cuando era niño, un dentista con unas manos que temblaban y, por lo tanto, me infundían más temor al manipular las pinzas que la propia espina. A continuación había una fotografía que me resultaba más fácil identificar, incluso aunque la identificación llegase más bien aceleradamente y a borbotones, como si mi memoria, en vez de evocar su recuerdo, lo regurgitara. Era la entrada del cementerio local y había varias decenas de personas que improvisaban un pasillo frente al coche con las flores; al fondo de la imagen había una palmera que parecía temblar de frío. En la siguiente fotografía se veía a la multitud desde otro ángulo y desde ese ángulo se observaban una hilera de árboles y una extensión de terreno llana y vacía. A continuación había dos fotografías tópicas en el contexto del entierro, la de unas personas que avanzaban con coronas de flores a través de la entrada principal del cementerio y en dirección al punto en que debía encontrarse el fotógrafo, con sus figuras descomponiéndose en fragmentos si se contemplaba rápidamente la fotografía: un rostro con bigotes, un seto, dos corbatas, una chaqueta, el rostro sorprendido de un niño, un suéter sobre un pantalón de chándal, alguien que miraba hacia atrás; y la fotografía del momento en que cuatro personas sostenían el féretro junto a un nicho excavado en la pared: había un hombre de espaldas y otro hombre que miraba directamente al fotógrafo con una ligera expresión de reproche. Luego estaba la imagen de una placa que ponía: «Q. E. P. D. Dora R. de Burdisso + 21.8.1956 [o puede ser 1958, la fotografía no era clara] / Tu esposo e hijos con cariño»; probablemente se tratase de la placa que se encontraba en el nicho antes de depositar el féretro, tal vez correspondiese a la abuela o a la madre del muerto —pero entonces, ¿dónde está enterrado el padre?— y quizá se tratara de un nicho familiar.

Y después había una última fotografía del evento, y al verla me quedé perplejo y confundido, como si acabara de ver un muerto que se acercara por un camino con el atardecer rojo e infernal recortándose a su espalda. Era mi padre tal como lo viera en el hospital, en sus últimos años, calvo, con una barba blanca sobre el rostro delgado, muy parecido a su propio padre tal como yo lo recordaba, con unas gafas grandes sin marco, gafas de policía o de mafioso, con las manos en los bolsillos de un abrigo blanco, hablando, con la garganta cubierta con una bufanda de cuadros que creí haberle regalado yo alguna vez. A su alrededor había otros hombres, que le contemplaban con rostro compungido, como si supieran que mi padre hablaba de un muerto sin saber que él pronto iba a ser uno de ellos, iba a entrar al pozo oscuro y sin fondo en el que caen todos los que han muerto, pero mi padre todavía no lo sabía y ellos no querían decírselo. Eran once hombres de pie a las espaldas de mi padre, como si mi padre fuera el entrenador desahuciado de un equipo de fútbol que acabara de perder el campeonato; uno llevaba chaqueta y corbata pero el resto llevaba cazadoras de cuero y uno, una bufanda larga que parecía a punto de estrangularlo. Algunos miraban hacia el suelo. Yo miraba a mi padre y no acababa de entender qué hacía allí, hablando en ese cementerio una tarde de frío, en una tarde en la que los vivos y los muertos deberían haber estado a cubierto, en el abrigo de sus casas o de sus tumbas y en la consolación resignada de la memoria.

De la edición de *El Trébol Digital* del día veintiuno de junio de 2008: «Alberto José Burdisso vivió sólo [sic] y se fue acompañado. Porque una multitud que clama por justicia lo acompañó hasta su morada final masivamente. Tras el responso en la parroquia San Lorenzo Mártir[,] totalmente colmada, un cortejo fúnebre de varias cuadras de largo cambió su recorrido para pasar frente a Club Trebolense[,] donde muchísima gente lo recibió con aplaudos [sic]. El escenario […]. Tras los primeros calurosos aplausos, el dr. Roberto Maurino manifestó: "Vivió como pudo, casi sufriendo desde siempre[,] y se fue de la misma manera porque le tocó lo peor en sus momentos finales. Ahora[,] desde la eternidad, desde lo desconocido, Alberto descansará en paz. Fue un orgullo y un honor haber sido su amigo". […] El cortejo entonces finalmente siguió con cientos de autos hasta la última morada […] Cuando el cortejo llegó al cementerio local, varios centenares de ciudadanos acompañaron el féretro de Burdisso hasta su última morada. Allí "Chacho" Pron[,] con cálidas y sentidas palabras[,] recordó también a Alicia Burdisso, la hermana de Alberto[,] desaparecida un [sic] veintiuno de junio de 1976 durante el proceso [sic] militar[,] en la provincia de Tucumán».

40

Eso es, me dije interrumpiendo la lectura; ésa es la razón por la que mi padre había decidido reunir toda esta información, por una simetría: un hombre desaparece y una mujer desaparece antes y ambos son hermanos y mi padre tal vez ha conocido a ambos y no ha podido impedir la desaparición de ninguno de los dos. Pero ¿cómo iba a poder mi padre impedir esas desapariciones? ¿Cómo creía, con la fuerza de qué mano pensaba mi padre impedir esas desapariciones, él, que estaba muriéndose en la cama de un hospital mientras yo leía todo esto?

41

«Hasta el momento recuperó la libertad un masculino [sic], lo que no significa que no pueda volver a la causa. Se trabaja en toda la región y los detenidos están en la ciudad de El Trébol y la alcaidía de Sastre. Se incorporaron elementos importantes en estas horas.» […] «¿Burdisso podría haber fallecido por asfixia?» «Lo sabremos en las próximas horas pero no lo podremos corroborar [¿?]» «¿Murió en el pozo o antes?» «Esperamos los resultados de la autopsia y el informe forense para determinarlo.» «¿Cómo estaba el cuerpo? ¿Presentaba lesiones y huellas de golpes?» «El cuerpo tenía golpes. No se observaron ingresos de balas.» «¿Los detenidos tienen relaciones [sic] entre ellos?» «Los detenidos están relacionados entre ellos. Algunos íntimamente y otros son allegados.» […] «¿Quiénes son los detenidos?» «Cinco hombres y dos mujeres.» Diálogo entre el comisario Jorge Gómez de la Unidad Regional XVIII de la Policía Provincial y un periodista (*El Trébol Digital*, veintitrés de junio).

42

Al día siguiente, el titular del mismo medio señalaba: «Alberto Burdisso falleció por asfixia y fue golpeado salvajemente». «La carátula fue cambiada a Homicidio por el juez en lo penal dr. Eladio García[,] de la ciudad de San Jorge. Los exámenes de los forense [sic] presentan [sic] que Burdisso presentaba [sic] un muy fuerte golpe en la cabeza[,] hecho quizá con un objeto contundente[,] y hay golpes de puño. Después habría sido arrojado al pozo aún con vida.»

43

Más titulares: «El Trébol, siete detenidos por el caso Burdisso» (*La Capital*, *osario, veinticinco de junio); «Un nuevo detenido en el caso Burdisso» (*El Trébol Digital*, veinticinco de junio), «Lectores agradecen el trato del caso Burdisso» (*El Trébol Digital*, veinticinco de junio),

«Con gran trabajo de la policía se esclarece el caso Burdisso» (*El Trébol Digital*, veintiséis de junio), «Pedirán por justicia en la plaza» (*El Trébol Digital*, veintiséis de junio). Y un titular más, el del artículo en el que se cuenta toda la historia, publicado por *El Trébol Digital* al día siguiente: «Burdisso sufrió hasta los últimos momentos».

44

«El ciudadano de El Trébol brutalmente asesinado murió[,] según detalla la autopsia[,] por asfixia. Su cuerpo fue hallado con seis costillas rotas y el brazo y el hombro fracturados por la caída en el foso. Alberto, según declaraciones, fui [sic] llevado al campo el domingo 1.ª [sic] de junio a las siete de la mañana a buscar leña y allí lo golpearon y arrojaron al viejo aljibe donde fue hallado. Antes de arrojarlo al pozo, le habrían querido hacer firmar un boleto de compra venta [sic] que se habría negado a hacer [sic]. Según los propios trabajos de los forenses y lo que arroja la autopsia, Alberto Burdisso reaccionó y recuperó la conciencia en el pozo pero luego falleció por asfixia, aunque resta saber si por ahogo o por encierro. El teléfono celular tendrá importante rol en la causa, ya que fue hallado junto con el cuerpo de Burdisso y hay llamados [sic] comprometedores» (*El Trébol Digital*, veintisiete de junio).

45

Si uno lee atentamente los artículos y pasa por alto sus errores tipográficos y su sintaxis errática, y si después piensa en lo que cuentan y acepta que lo que narran es lo que realmente debió suceder, puede resumir toda esta historia en un argumento más o menos coherente: un hombre ha sido llevado a un sitio apartado mediante engaños y allí se le ha exigido que rubrique la venta de una propiedad desconocida, lo que se ha negado a hacer, le han arrojado a un pozo y allí ha muerto. En su simpleza, en su casi brutal puerilidad, la historia podría encajar perfectamente en alguno de esos libros del Antiguo Testamento en los que los personajes viven y sobre todo mueren sometidos a pasiones simples en las que ellos ven la mano de un dios incomprensible pero aun así digno de alabanza y culto. Sin embargo, y puesto que estamos obligados a pensar que ésta no es una historia bíblica y que las motivaciones de los personajes no están supeditadas a los deseos de un dios caprichoso, al leer todo esto, debemos preguntarnos también por las razones detrás de estos actos: ¿por qué se produjo el crimen? ¿Cómo es posible que haya tantos implicados en un asesinato que podría haber sido llevado a cabo por una, dos o, a lo sumo, tres personas, todas las que caben en el automóvil con el que Burdisso fue llevado a recoger la leña? ¿Y por qué ha sido asesinado? ¿Por la propiedad de su casa, que el redactor anónimo de *El Trébol Digital* ha presentado en sus artículos como una casa sin ninguna particularidad específica; en cualquier caso, no como una casa lujosa en el entorno más bien puritano y austero del pueblo? ¿Por dinero? ¿De dónde iba a provenir ese dinero, una suma lo suficientemente grande como para que sus asesinos considerasen los pros y los contras de una acción que podía llevarles a la cárcel por lo que les quedara de vida? ¿De dónde iba a sacar todo ese dinero un empleado de mantenimiento del club de una ciudad de provincias? ¿Cómo puede explicarse la asfixia de Burdisso si el pozo, como sostenía la primera información, estaba seco? ¿Por qué Burdisso no solicitó ayuda con su teléfono móvil si éste fue encontrado junto a su cuerpo en el pozo? ¿Y para quiénes son comprometedoras las llamadas registradas en el teléfono móvil, para Burdisso o para sus asesinos? ¿Son anteriores o posteriores a la caída en el pozo? Una vez más, ¿quiénes iban a desear matar a una especie de tonto faulkneriano más pobre que una rata, en un pueblo donde, por lo demás, su desaparición iba a ser notada de inmediato, en un pueblo donde muchos iban a saber quién había sido Burdisso, qué había hecho y quiénes lo habían rodeado en sus últimas horas?

46

Un artículo del día veintisiete de junio de Claudio Berón, periodista de *La Capital* de *osario, leído apresuradamente respondía —en la medida en que pueden responderse estas cosas— a algunas de estas preguntas: «Finalmente, y luego de tres semanas de intensas investigaciones, se esclareció el crimen del trebolense Alberto Burdisso, el hombre de 60 años que [...] y cuyo cadáver fue [...]. Gisela Córdoba, Gabriel Córdoba —su hermano—[,] Juan

Huck y Marcos Brochero quedaron a disposición de la Justicia imputados por homicidio calificado. El móvil, según fuentes tribunalicias, podría ser que Burdisso habría sido obligado a firmar un documento por el que dejaba la casa que habitaba a nombre de Córdoba, y que al negarse decidieron matarlo. Luego de barajar distintas hipótesis, el juez penal Eladio García, quien dirigió la investigación, resolvió imputar a los cuatro sospechosos y [...]. En la investigación trabajó además el comisario de la Unidad Regional XVIII, Jorge Gómez, quien movilizó a la sección Criminalística de Rosario y Santa Fe, la división perros, que participó de la búsqueda del cadáver, y por último la Tropa de Operaciones Especiales (TOE). [...] Al parecer Córdoba mantenía una relación con Huck al mismo tiempo que se decía novia de Burdisso. Huck y Córdoba habrían llevado mediante engaños a la víctima hasta el pozo en el que fue encontrado. Luego Brochero, pareja oficial de Córdoba, habría ocultado el cadáver. / »[...] La desaparición de Alberto José Burdisso conmocionó desde el primer momento [...] faltó al trabajo el 2 de junio, un hecho [...] también se halló su tarjeta de débito retenida en el cajero automático del Banco Nación, que la había "tragado" el sábado anterior. [...] Además, y según se comentó insistentemente durante los días en que permaneció desaparecido, gastaba también su dinero en compañeras eventuales. [...] La preocupación y las conjeturas sobre su desaparición [...] Tanto creció este reclamo que el lunes 16 de junio, quince días después de la desaparición, se organizó una manifestación para pedir que se profundizara la investigación y se diera con el paradero del vecino. En esa oportunidad, cerca de un millar [...] y firmaron un petitorio para solicitar al juez García que no se investigara solo por averiguación de paradero. / »Finalmente, el cuerpo apareció sin vida el 20 de este mes. Fue en un pozo de agua en una vivienda rural en ruinas, a unos siete kilómetros al noreste del casco urbano. Fue alrededor de las diez, cuando luego de tres horas de búsqueda un escuadrón de Bomberos Voluntarios descubrió un cuerpo en avanzado estado de descomposición que estaba en el fondo del pozo de agua, actualmente seco. Tal cual lo publicó *La Capital* en su edición del 21, el cuerpo estaba tapado con escombros, chapas y ramas, por lo que se descartó un suicidio o un accidente. / »Los investigadores llegaron al lugar luego de una llamada de un cazador, quien denunció el día anterior que había detectado un fuerte olor en la zona del pozo. Cuando retiraron el cadáver –trabajo que debió hacerse con poleas y un trípode– verificaron que tenía puesta una camisa del club. Y algunas características del cuerpo, como una gran cicatriz en el torso, hicieron presumir que se trataba del desaparecido. No obstante, esto se ratificó un día después, cuando el cuerpo fue sometido a autopsia. […] determinó que el hombre había sufrido un principio de asfixia y fuertes golpes en la cabeza, pero que murió dentro del pozo. / »Burdisso fue sepultado el domingo pasado. Sus restos fueron acompañados por un cortejo de unas 20 cuadras y pasó por la sede del club donde trabajaba. Fue a la tarde. Previamente, hubo un responso en la parroquia San Lorenzo Mártir. / »La inminente detención de una serie de sospechosos se conoció en forma inmediata. El miércoles ya había ocho detenidos. Pero finalmente fueron cuatro los imputados, quienes quedaron a disposición de la Justicia. […] Quienes lo conocieron sostienen en general que Burdisso era un hombre retraído e inocente que creyó cada una de las argucias con la que fue engañado por

Córdoba. Tan así es que [sic] el imputado Marcos Brochero, oriundo de Cañada Rosquín, era pareja de Córdoba y Burdisso suponía que eran hermanos».

47

En la fotocopia del artículo que aparecía en su carpeta, mi padre había destacado con un fluorescente amarillo un párrafo que a mí se me había pasado por alto en la lectura y que él, mucho mejor periodista que yo –maestro además de los periodistas que con el tiempo iban a ser mis maestros, en un proceso casi preindustrial de aprendizaje que se oponía radicalmente en forma y contenido a las tonterías que pretendían enseñarnos en la universidad y, además, nos unía a mi padre y a mí en una especie de tradición involuntaria, una vieja escuela del rigor y de la voluntad y de la derrota en el periodismo–, mi padre, digo, había destacado: «Burdisso se habría rodeado de una serie de marginales, muchos de ellos con antecedentes penales [...] tenía 60 años y vivía solo en su casa de calle Corrientes al 400, a cuatro cuadras del club. No tenía familiares directos ya que su hermana había desaparecido en la época de la dictadura militar. Por esa pérdida [...] cobró hace dos años una indemnización del Estado de 240 mil pesos (unos 56 mil dólares). Con ese dinero compró una casa –la que le habrían querido sacar–, un auto, [una] moto y otros bienes muebles».

48

«A comienzos de la década, los pueblos de la ruta 13 eran, para algunos, las puertas del paraíso perdido. Prostíbulos, juego, noche y sexo, del barato y del caro. Bares nocturnos y delitos de todo tipo. Eso fue, según fuentes consultadas, hasta hace dos años. Llegó a haber unos cuarenta prostíbulos en la zona y mucho tráfico de mujeres de Brasil y de lejanos lugares del Paraguay. Inclusive, muchas de estas mujeres contaban en el juzgado, [sic] de sus viajes a Europa para prostituirse. / »Miriam Carizo era propietaria de un bar de dudosos ingresos, en ese lugar conoció en el 2005 a Alberto Burdisso y entabló con él una relación que duró unos dos años. Por otro lado[,] Gisela Córdoba (28 años), la mujer con quien Burdisso se relacionó cuando terminó su romance con Carizo, habría estado ligada con esta red y tenía antecedentes por estafa con cheques en el mismo El Trébol. Los otros imputados estaban ligados a la noche, eran habitués [sic] de bares nocturnos. Según los investigadores del caso este [sic] sería el "último coletazo" de estas redes, que ya desaparecieron, pero dejaron una saga de sobrevivientes de la mala vida» (una contextualización de Claudio Berón en *La Capital*, *osario, veintinueve de junio).

49

«Una casa, mucho dinero que paradójicamente no fue portador de buena suerte y una inmensa soledad terminaron con la vida de Alberto Burdisso. [...] Lo mataron el primer domingo de junio. Se supone que una mujer de mala vida quiso quedarse con su propiedad y para eso convenció a otros dos hombres y a otras personas de la necesidad de que desapareciera, que nunca se lo encontrara. [...] A metros del inmenso campo que rodea a El Trébol, un pueblo de no más de 13 mil habitantes, hay una casa blanca y nueva. Allí vivía Burdisso; un hombre diferente a otros, de 60 años y, según algunos que lo conocían, célibe hasta los 57. En 2005 recibió más de 200 mil pesos de una indemnización por su hermana menor desaparecida. Esa plata lo quemó. / »Según Roberto Maurino, Burdisso era un hombre hosco y retraído, pero normal. "Viajó solo y solo al sur y tuvimos muchas charlas. Terminó la primaria y luego en el Club Trebolense. Con la plata que cobró compró una casa en Rosario, una casa acá y un auto viejo. Era inocente", sentenció. Al tiempo de cobrar conoció a una mujer, Miriam Carizo. Compró una casa y la puso a nombre de los dos, le regaló un auto y, cuentan sus compañeros, pagó el cumpleaños de la hija de Carizo, con quien tenía una relación casi paternal. "Burdi era así, loco nomás. Decía que cada uno hace de su vida lo que quiere. Hablaba mucho con quienes quería hablar. No molestaba a nadie. Tenía el sueldo embargado por créditos que le hacían sacar. Lloramos mucho, lo rodeó mala gente. Y no sabemos por qué lo mataron, si hasta le manejaban la tarjeta del sueldo", dicen en el club. / »Durante largo tiempo en la línea de la ruta 13 se generó una red de prostitución y marginalidad. Cerca de 40 prostíbulos funcionaban en pueblos como El Trébol, San Jorge, Sastre y otras poblaciones del departamento General San Martín. "Esto es parte de aquello, los últimos coletazos de una historia de marginales", dejaron entrever los investigadores. [...] Burdi había terminado con Carizo y conocido a Gisela Córdoba, una mujer magullada y criada en la frialdad absoluta de su vida. Córdoba tiene tres hijos y vive con su marido oficial, Marcos Brochero, pero tenía, aparentemente, una relación con dos "novios", Burdi y un hombre de 64 años, Juan Huck, que la conoció en la vida nocturna. La duda del móvil se tornó certeza a partir de la investigación. "Se hicieron indagatorias entre los imputados, que eran ocho, de ellos quedaron detenidos bajo la sospecha de homicidio Gisela Córdoba, Juan Huck, Marcos Brochero y Gabriel Córdoba", se cuenta. El asunto sería que Burdisso era copropietario de la casa con Miriam Carizo. Esta mujer, de unos 40 años, se casó con otro hombre, pero Burdi seguía en la casa. Gisela Córdoba sabía de esta propiedad y logró que Burdisso pusiera su mitad a nombre de ella, con usufructo hacia él. Debía morir o desaparecer para que Córdoba ocupara la casa; o la vendiera. / »Lo llevaron a un descampado, querían obligarlo a firmar un documento que liberaba la propiedad. Días antes, Córdoba había consultado a abogados sobre cómo manejarse con este usufructo en caso de que Burdisso desapareciera. Es más, se comenta que ya ofrecía la casa en alquiler. [...] Después de muerto, el Burdi logró que lo despidieran en las puertas del club donde trabajaba. En la secretaría hay una carta: "Quería contarte que el Ñafa te guardó la bici, que te extrañan y que la Ana no tiene consuelo. Que tu perro te busca y llora". La firma Laura Maurino» (Claudio Berón en *La Capital*, *osario, veintinueve de junio de 2008).

50

En una de las fotografías que acompañaba el artículo se ve una casa baja detrás de una parcela diminuta de césped en una calle sin asfalto y sin canalización. La casa tiene una ventana grande de dos hojas y otra más pequeña en la entrada, cuyo tejado es sostenido por una columna de aspecto frágil. Frente a la casa hay un seto pero éste parece haberse secado. La casa está cerrada y, de alguna manera, parece una silla de respaldo alto echada boca abajo en un terreno descampado, en un terreno donde nadie va a vivir jamás. Ésta es la casa por la que mataron a Alberto Burdisso.

51

Al apartar los ojos de la carpeta de mi padre, observé el patio de la casa que él había construido y me pregunté qué había dicho en el entierro de Burdisso, si él estuvo presente cuando su cadáver fue hallado en aquel pozo y si había algo que mi padre sabía o podía saber y que yo no iba a saber jamás, algo relacionado con el fondo sórdido y triste de un pueblo que yo creía idílico. En el patio frente a mis ojos yo había jugado juegos que ya no recuerdo, juegos que provenían de los libros que yo leía y de los filmes que veía y, particularmente, de una época de tristeza y terror que ahora, lentamente, volvía a dibujarse ante mis ojos pese a todas las pastillas, a toda la amnesia retrógrada y a la distancia que yo había intentado poner entre esa época y yo. El cadáver de Burdisso fue sacado del pozo mediante un trípode y poleas, decía el artículo, y yo me pregunté si mi padre había estado presente en ese momento, si mi padre había visto el cuerpo del hermano de la que había sido su amiga colgando de un gancho como una res, flotando en el aire ya definitivamente enviciado de una ciudad. Me pregunté también si la historia había terminado y si ya no iba a saber qué había sido de los asesinos de Burdisso y si la simetría que constituía esta historia se había acabado ya, con las líneas apartándose, perdiéndose en el espacio, que sabemos que es infinito, y, por lo tanto, reencontrándose en algún lugar. Me pregunté si mi padre podía pensar en estas cosas en una cama de hospital, inalcanzable para mí pero no para el pasado; en breve, parte del pasado ella misma.

52

«Unos doscientos ciudadanos se autoconvocaron en la Plaza San Martín de El Trébol en la tarde del domingo para pedir por la condena de los homicidas del caso Burdisso. Allí, el dr. Roberto Maurino […] explicó la situación de los cuatro detenidos y las últimas novedades de la causa: "El caso no está resuelto. Hay cuatro imputados y no es excarcelable. No hay fianza para ellos y tienen que sufrir el proceso adentro. Después vendrá el juicio en Santa Fe[,] donde se los condena o se [los] absuelve. De los cuatro detenidos, tres están acusados por homicidio calificado por la alevosía empleada y porque actuaron en grupo o en banda[,] y un cuarto como partícipe secundario con una condena de quince a veinte años. La pena máxima para los primeros es de reclusión perpetua. […] De los otros detenidos liberados, tres están con la figura de encubrimiento agravado, es decir, sabían y no dijeron nada. No sé quienes [sic] son. Lo de ellos es excarcelable y les permite estar en libertad a disposición del juzgado. […] Los cuatro detenidos confesaron la autoría. Nosotros ahora buscaremos lograr la figura del querellante, como pueblo, como asociación civil o como club[,] para participar del proceso. Hasta hoy no está permitido por la ley salvo un caso con las Madres de Plaza de Mayo en el tema de un represor. La idea es ejercer un control del caso en el Juzgado de Sentencia de Santa Fe"» (*El Trébol Digital*, 30 de junio).

53

Al pie del artículo había una fotografía que mostraba a un grupo de personas que rodeaban a un anciano que sostenía un micrófono de espaldas al fotógrafo; sobre el fondo, a la izquierda, creí reconocer a mi padre.

54

En la carpeta, a continuación, había dos cartas de lectores dirigidas a *El Trébol Digital,* una firmada por una mujer de apellido Bianchini y otra por una niña de diez años. Una semana después, el día siete de julio, se publicó la noticia de una movilización en la que unas cuarenta y dos personas habían pedido por la condena de los asesinos; en las fotos que seguían no reconocí a mi padre. Después, la fotocopia de la portada de un medio que no había visto antes, *El informativo.* En ella, la fotografía de dos policías que trasladaban desde un coche a un hombre con una chaqueta que le tapaba el rostro. «Los asesinos podrían recibir reclusión perpetua», era el titular, que aparecía en la portada acompañado de los siguientes epígrafes, a pie de página: «La parte de la historia que nadie contó. ¿Quién era Alberto Burdisso? ¿Por qué lo mataron? Crónica de un trágico final. La historia de su hermana. La vidente que se anticipó a su aparición».

55

El siguiente artículo, que resumía la historia con una profusión de amarillismo y un florecimiento de comas innecesarias que recordaban a una flor apestosa, estaba firmado por Francisco Díaz de Azevedo. Un extracto del mismo: «[…] en la casa de Corrientes al 438, que había comprado y puesto a nombre de él y de su ex [sic] concubina, hace años[,] y de la cual, [sic] había sido desalojado para vivir casi tirado en un garage. [sic]. / »[…] Desde hacía tiempo, otra mujer se quedaba con todo el dinero de su mensualidad, a cambio de compañías temporales[,] y[,] últimamente, hasta le había traído varias peleas. De hecho, Alberto hacía tres meses que no frecuentaba la casa de esta nueva "compañera", [sic] porque había tenido un altercado, con golpes de puño, con el concubino de esta mujer, hecho que está asentado en la policía; por esto, ella era la que iba a la casa de Burdisso, "de visita". / »Con respecto a la situación económica de Alberto, del dinero que percibió en el 2006, por la muerte de su hermana durante el proceso [sic] ($220.000), no quedaba absolutamente nada. / »En la tarde del sábado 31[,] y contrariamente a lo que se dijo o se suponía, Alberto Burdisso había retirado todo el dinero de su salario, en el cajero del Banco Nación, ya que el último día hábil de mayo, [sic] Trebolense había depositado su sueldo. Después, la tarjeta le quedó retenida en el propio banco, aunque nadie sabe qué pasó luego con ese dinero, ya que nunca más apareció. Al día siguiente, promediando las siete de la mañana, Burdisso fue pasado a buscar por su domicilio de calle Corrientes, [sic] por un masculino y una mujer, [sic] para ir a buscar leña a un campo aledaño a la ciudad. Al llegar a la "tapera", los acompañantes de "Burdi" buscaron presionarlo para firmar una serie de papeles y documentos de su vivienda, hecho al cual se habría resistido[,] y fue entonces arrojado a un pozo de agua seco, de unos diez metros de profundidad. / »Con la caída, la víctima sufrió la quebradura de seis costillas, un brazo y un hombro, pero quedó vivo, [sic] en el lugar. Esa misma tarde, el celular de "Burdi", en las profundidades del pozo, recibió llamados de familiares de la mujer que fue hasta allá con él y con la que tenía relaciones ocasionales. Los llamados eran para constatar si seguía vivo. / »Al día siguiente, el lunes primero de julio, el concubino de la mujer que arrojó al ciudadano se llegó hasta el campo, derribó el brocal que bordea el pozo y arrojó chapas y troncos sobre la humanidad [sic] de Alberto. Tras este hecho, [sic] recién se produce su fallecimiento por asfixia y confinamiento. Es decir, "Burdi", [sic] estuvo vivo al menos veinticuatro horas en el pozo y recién falleció al ser tapado por los escombros. / »Durante veinte días, las búsquedas fueron infructuosas y casi inútiles. Hasta que una tarde, [sic] ingresa a la comisaría de la ciudad, [sic] el dato de que Burdisso podría haber sido arrojado a un pozo, [sic] en la zona rural. [...] Esta persona, [sic] indicó tres posibles lugares y acompañó al personal policial a recorrerlos, detectando, [sic] que uno de los pozos (en el que finalmente fue hallado), [sic] no estaba de la misma forma, [sic] que la última vez que este "leñero" lo había visto, detectando a simple vista, [sic] que faltaba el brocal. [...] Fue el bombero Javier Bergamasco, [sic] quien desde el interior del hoyo, [sic] advirtió que había un cuerpo, [sic] en avanzado estado de descomposición. Se procedió a un reconocimiento a *"prima facie"* [sic] con el dr. Pablo Candiz, en el lugar del hallazgo y luego en la morgue de El Trébol, donde compañeros de trabajo y amigos, [sic] lo identificaron por la particular cicatriz que tenía en el abdomen. [...] La autopsia arrojó que Alberto había sido golpeado en los ojos y detrás de las orejas, con[,] seguramente, golpes de puño, antes de ser arrojado al pozo. / »Automáticamente, tras el hallazgo del cuerpo, se realizaron [sic] una seguidilla de detenciones simultáneas y[,] tras una semana de declaraciones testimoniales, irán a juicio: una mujer, Gisela C. de veintisiete años, que ya tenía antecedentes por estafa, Juan H. de sesenta y tres años, sin antecedentes, Marcos B. de treinta y un años, con antecedentes por consumo de drogas y con-cubino de Gisela C.[,] y Gabriel C.[,] de treinta y cuatro años, hermano de Gisela C. con antecedentes por hurtos menores [...]».

56

Al llegar a este punto retrocedí las páginas y volví a des-pegar el plano manipulado de mi padre, pero no supe cómo averiguar si alguna de las casas rurales que había visitado y aparecían marcadas en el mapa eran la casa en la que se había producido el asesinato, y, en ese caso, si había sido mi padre quien había alertado a la policía. En una pequeña hoja en blanco que encontré sobre la mesa de trabajo de mi padre apunté: «¿Fue mi padre el reco-lector de leña —el cazador, en otras versiones— que dio parte a la policía?» y me quedé contemplando lo que ha-bía escrito durante un largo rato. Al fin le di vuelta a la hoja y descubrí que se trataba de una factura por unas ampliaciones fotográficas que no aparecían en la carpe-ta y que —pero esto aún no lo sabía, por lo que aquí debo fingir que lo desconozco— se encontraban en otra de las carpetas apiladas sobre la mesa, a la que iba a volver una y otra vez en los días siguientes a estos descubrimientos.

«¿Cuánto hace que vive en El Trébol? "Unos veinte años."
¿Qué es usted? "Pertenezco a un centro carismático. Yo
fui afianzando la parte mental." ¿Es vidente? "No llego a
eso." ¿Es una bruja? "No." ¿Le dicen bruja? "Cariñosa-
mente. Bruja, bruji y vieja." ¿Vive de esto? "Hasta ahora
sí." Defíneme sus poderes. "Me aboco a ayudar a quien
lo necesite para bien. Me aboco a la salud, a lo laboral y
a lo afectivo." ¿Cómo toca el caso Burdisso? "Me medí
[sic]. Quise ver mi alcance y mi capacidad." ¿Qué vio?
"Entré a detallar [sic], [sic] que el primer lunes que desapareció, [sic] ví [sic] que aún estaba vivo. Fue ese lunes.
Los días sucesivos ya me mostraba [sic] como dudoso.
Podía ser o no[,] y veía todo con altibajos. Después, me
dio que estaba fallecido [sic]. Que podía estar en lugares
con agua estancada, fondos, cloacas, aljibes, etcétera. No
estaba definido. Pero buscaron por el cementerio y yo
sentía que no era por allá." ¿Qué sintió cuando se reveló
el caso? "Una gran impotencia porque esta [sic] es una
ciudad pequeña. Una gran bronca. […] No pude ayudar
a la persona en los momentos que me manifestó que estaba vivo [sic]. No se [sic] si llamarlo fuerza o cobardía[,]
porque no di la cara en esos momentos y no me mostré[,] no me mostré tal cual soy para ayudar." ¿Cómo ve
estas cosas? "Mediante escrituras. Yo lo llamo 'merme-
rismo' [sic] y es mediante la yema de los dedos. Voy ta-
llando [sic] y miro el contenido de la persona, pero nunca permito que la persona me cuente su caso. Trato de
descifrarlo yo […]."»

«"La madre de Alberto murió cuando él era muy pequeño y nunca habló de ella, supongo que no la recordaba. [...] Su padre faltó [sic] cuando él solo tenía quince años[,] y por aquel entonces 'Burdi' ya hacía tareas de peón o ayudante de albañil. Dentro de esa soledad, humildad y sencillez en la cual vivía, debemos situarlo como aquellas personas que están en el fondo de la patria. Que viven silenciosamente y se rebuscan para subsistir, dentro de una sociedad que es sumamente complicada. [...] [A finales de la década de 1970] me habla del problema de la hermana [...] y lo acompañé hasta Tucumán, pero[,] lamentablemente, nos volvimos con las manos vacías. [...] Ese dinero [el de la indemnización otorgada por el Estado por ser familiar de un desaparecido] fue su perdición, en todo sentido. En definitiva, su vida fue un calvario: una infancia signada por la ausencia de la mamá. De adolescente muere el papá. Luego, el único ser querido que le quedaba, su hermana, muere asesinada por la dictadura militar y[,] cuando accede a una situación económica diferente, que le podría haber permitido disfrutar de la vida, termina perdiendo todo, hasta la vida misma. 'Burdi' pudo haber dejado el dinero en la Mutual del Club donde, con los intereses de dicho monto, le alcanzaba para vivir. Sin embargo, nosotros le aconsejamos que comprara una propiedad, nos pareció la mejor forma de invertir parte de ese dinero y que[,] además, pasara a tener un capital y bien propio, donde vivir. Posiblemente, si hubiésemos hecho opción a [sic] lo otro, quizá esto no hubiese pasado."» Roberto Maurino, amigo de la infancia de Alberto Burdisso, en declaraciones a *El informativo*, El Trébol, julio de 2008.

59

A continuación, en la carpeta de mi padre, había una hoja titulada simplemente «Fanny», sin fecha: «Se necesita un actor civil para que intervenga como impulsor de la causa en el expediente penal. Ésa es la tarea que le toca cumplir al fiscal, pero el actor civil funciona como garantía de que éste no deje dormir el trámite. Se intentó convencer a algunos de los primos de El Trébol, pero eluden el compromiso. El actor civil será asistido por un abogado de Santa Fe (allí se tramitará la sentencia) que es nieto de Luciano Molinas y militante de la agrupación Hijos [acrónimo para Hijos por la Identidad y la Justicia contra el Olvido y el Silencio, organización que reúne a los hijos de desaparecidos argentinos]. Este abogado tiene experiencia en el tema y se comprometió a cobrar honorarios mínimos, a los que habrá que sumar los gastos que demande la tramitación en Tribunales (de dónde sale el dinero es algo a conversar). Paralelamente hay que encarar el tema de la sucesión por la propiedad de la calle Corrientes, cuya mitad indivisa está escriturada a nombre de Alberto».

A continuación había un artículo de la edición del día primero de agosto del diario *El Ciudadano y la Región*, de *osario, titulado «Complot para un crimen». No me hizo falta leer más que la primera línea para saber que lo había escrito mi padre. Un párrafo: «La pareja planificó y ejecutó la trama siniestra durante un año y medio, según la investigación judicial. La víctima fatal fue Alberto Burdisso, un hombre de sesenta años que vivía en la localidad de El Trébol y había cobrado una indemnización de doscientos mil pesos. El hombre entabló una relación amorosa con Gisella [sic] Córdoba, treinta y tres años menor, y fue cediendo: la mitad de su casa (ya que la otra mitad pertenecía a su ex mujer [sic]), los muebles, un auto y gran parte de sus sueldos mensuales. Incluso se mudó a un garaje y dejó la vivienda en manos de la joven (que la terminó alquilando el mismo día en que Burdisso fue empujado al pozo donde agonizó tres días), justo cuando se enteró [de] que el supuesto hermano de la chica era en realidad su marido. Entretanto, la muchacha consiguió un nuevo amante, de sesenta y tres años, que terminó involucrado en el crimen. El móvil fue un supuesto seguro de vida que ella creía que estaba a su nombre». Un artículo de *La Capital* de *osario fechado ese mismo día y firmado por Luis Emilio Blanco bajo el título «El Trébol: procesan a los asesinos de Burdisso y revelan detalles del caso» no aportaba información complementaria pero sí datos ligeramente diferentes: aquí Burdisso tiene sesenta y un años y no sesenta, Marcos Brochero tiene treinta y dos años y no treinta y uno, Juan Huck tiene sesenta y uno y no sesenta y tres, la casa rural abandonada donde fue hallado el cadáver se encuentra a ocho y no a nueve kilómetros de la ciudad —en la noticia publicada al día siguiente por el diario *El Litoral* de Santa Fe, la distancia iba a quedar reducida a seis kilómetros—, aquí es Gisella [sic] Córdoba, y no Juan Huck, quien arroja al hombre al pozo y éste tiene doce y no diez metros de profundidad, Burdisso se ha quebrado cinco costillas y no seis y los dos hombros en lugar de un hombro y un brazo, como en la versión anterior, pero todos éstos son detalles menores; más interesante es el supuesto pedido de Córdoba a Huck para que éste «lo sacara del pozo y lo tirara en algún lugar para que lo encontraran y se confirmara su muerte» de manera de poder acceder al seguro de vida que creía a su nombre; Huck se habría negado a cumplir con ese pedido. El artículo incluía también una información accesoria surgida en la autopsia: «"[…] de los estudios surge que el hombre tenía tierra en la boca y vías aéreas, o sea, que intentó respirar bajo el material arrojado", precisó la fuente».

61

Si fue Brochero —quien, en algunas versiones, se habría quedado en El Trébol esa mañana—, si fue Córdoba o si fue Huck —que sostiene haber sido una víctima— quien arrojó a Burdisso al pozo tiene poca importancia aquí; tampoco importa demasiado que Brochero haya regresado tres días después para arrojar ladrillos, trozos de mampostería y hojarasca sobre el herido para rematarlo; desde luego, no importa demasiado tampoco el destino de los procesados y lo que haya sucedido con Córdoba en la cárcel de mujeres de Santa Fe y con Brochero y Huck en la de Coronda. Este crimen, todo crimen, tiene un aspecto individual, privado, pero también tiene otro social; el primero atañe tan solo a las víctimas y a sus familiares cercanos, pero el restante atañe a todos nosotros y es la razón por la que se requiere una justicia que intervenga en nuestro nombre, en nombre de un colectivo cuyas normas han sido puestas en entredicho por el crimen individual y, ante la imposibilidad de reparar el primero, se esfuerza por poner coto al segundo, con una fuerza que, al menos en teoría, no emana de un sujeto individual ni de una clase social sino de un colectivo, dañado pero aún de pie.

62

Si tan solo quedaba una cosa por saber ya ésta era quién era Fanny, por qué mi padre le había escrito para resumir la situación judicial del caso y por qué era mi padre quien tenía que hacerlo y no cualquier otra persona.

63

Los siguientes documentos que contenía la carpeta de mi padre eran extractos de un cierto tipo de padrón que no supe reconocer en el que aparecían personas apellidadas «Carizo», entre ellas, Miriam, la concubina de Burdisso a la que éste le había regalado el cincuenta por ciento de su propiedad, lo que era documentado aquí con un detalle accesorio, los números de identidad y de identificación fiscal de ambos, tanto de la mujer como de Burdisso. A continuación había una fotocopia del documento emitido por el Registro General de la Propiedad de la Provincia de Santa Fe en el que se daba cuenta de la compra de la casa de la calle Corrientes por parte de Alberto Burdisso y se fechaba la adquisición el dieciséis de noviembre de 2005. Burdisso le había comprado la propiedad a Nelso [sic] Carlos Girello y a Olga Rosa Capitani de Girello, dos ancianos. En el billete se incluían otros datos: la fecha de nacimiento de Burdisso —primero de febrero de 1948—, su apellido materno —Rolotti—, su estado civil —soltero—, su documento de identidad —6.309.907— y su domicilio anterior: Entre Ríos y Cortada Llobet, en El Trébol. También el tamaño de la propiedad —307,20 metros cuadrados— y el importe abonado: veinticinco mil pesos en efectivo. El escribano que había testificado la transferencia se llamaba Ricardo López de la Torre.

64

Era como si mi padre hubiera deseado descomponer el crimen en un puñado de datos insignificantes, en un montón de documentos notariales, descripciones técnicas y registros oficiales cuya acumulación le hiciera olvidar por un instante que la suma de todos ellos conducía a un hecho trágico, la desaparición y la muerte de un hombre en un pozo abandonado, y que eso iba a hacerle pensar en la simetría entre la muerte de ese hombre y la de su hermana y a generar otra simetría, también involuntaria y de la que mi padre no iba a saber nada nunca: mi padre procurando colaborar con la búsqueda de Burdisso y yo intentando buscar y hallar a mi padre en sus últimos pensamientos antes de que todo lo que había sucedido sucediera.

65

«[…] que venden a don Alberto José Burdisso y doña Miriam Emilia Carizo, en condominio e iguales partes indivisas: un lote de terreno con lo clavado, plantado y adherido al suelo y edificado, situado en la ciudad de El Trébol, Departamento San Martín, parte de la manzana número Setenta y Ocho del plano oficial. […] plano respectivo registrado en el Departamento Topográfico bajo el número 130.355 de fecha 18 de febrero de 2000, que agrego, dicha fracción está designada como lote seis (6), se encuentra ubicado en la parte Norte de la manzana que se halla dividida por un pasaje público, se ubica a los veinticinco metros ochenta centímetros de la esquina Nor-Oeste de la manzana hacia el Este y se compone de: doce metros ochenta centímetros de frente al Norte, e igual contrafrente al Sur, por veinticuatro metros de fondo, en sus lados Este y Oeste, equivalente a una superficie de trescientos siete metros veinte decímetros cuadrados, lindando: al Norte, con calle Corrientes, al Oeste, con el lote número Cinco, al Este, con el lote número Siete y al Sur, con el lote número Once, todos del mismo plano de mensura.»

66

«El Trébol, nueve de junio de 2008, hora 10:30 [sic]. REFERENCIAS: Siendo la hora y fecha de figuración al margen, se hace presente ante esta Dependencia Policial una persona de sexo femenino con deseos de radicar una constancia civil, sugerencia que de inmediato se les [sic] aceptada[.] A continuación es recabada [sic] por sus nombres y apellidos y demás circunstancias que componen su identidad personal[.] DIJO llamarse: MIRIAM EMILIA CARIZO, argentina, instruida, soltera, empleada, titular del DNI [...], domiciliado [sic] en zona rural de este medio, quien hallada hábil para el acto EXPONE: "Que es copropietaria de la vivienda que se halla ubicada en calle Corrientes número 438 juntamente con el Señor Alberto José Burdisso, y ante la ausencia de este [sic] y por consejo del Juzgado de esta ciudad en horas de la tarde al ser posible [sic] cambio de las cerraduras de la vivienda para prevenir una posible usurpación. Es todo. Que radica la presente Constancia a los fines legales que de [sic] lugar y para que no sea tomado como abandono de hogar, sino por las circunstancias mencionadas. Que lo expuesto es todo lo que tengo por decir al respecto, no teniendo nada más que agregar, quitar o enmendar…". Con lo que no siendo para más se da por finalizado el acto que leído y ratificado por el compareciente firma al pie para debida conformidad por ante mi [sic] que certifico. FIRMADO: Miriam Emilia Carizo (exponente). Agente (S.G.) [sic] María Rosa Finos, funcionario policial actuante. CERTIFICO: que la presente constancia es copia fiel de su original obrante folio 12 del […].»

67

A continuación mi padre había trazado el árbol genealógico de Burdisso desde sus abuelos, sin incluir otras fechas que las del nacimiento y la muerte de Alberto y de Alicia. En este último caso, la segunda fecha, la de su muerte, era un signo de interrogación.

69

Una fotografía en la que aparecía el retrato oval de un hombre de bigote nietzscheano y pajarita junto a una placa en la que se leía: «Jorge Burdisso †19/2/1928 a los 72 años. Sus deudos lo recuerdan». Otra fotografía, «Margarita G. de Burdisso †31/3/1933 a los 68 años. Sus deudos la recuerdan». Una fotografía de un panteón, con la inscripción «Familia Burdisso». Al ver la fotografía me sobresalté, ya que yo conocía ese panteón: me había escondido detrás de él y de otras tumbas semejantes en la época en que algunos amigos y yo jugábamos al escondite en el cementerio cuando los adultos no estaban cerca.

70

Una fotocopia del listín telefónico con los datos de contacto de personas apellidadas «Páez» y de la perfumería «Fanny».

71

La última hoja de la carpeta se titulaba «Palabras en el sepelio de Alberto José Burdisso» y estaba datada en el «Cementerio de El Trébol, 21 de junio de 2008». Era, finalmente, la transcripción de las palabras de mi padre en el entierro de Alberto José Burdisso: «Amigos y vecinos, no es mucho lo que yo puedo agregar a lo que ya se ha dicho. Ustedes seguramente lo conocían más que yo a Alberto, que fue un amigo con el que compartí algunos meses de la escuela primaria. / »Pero me sentí obligado a venir con él y con ustedes para traer una presencia que hoy no puede estar aquí. Hoy debería estar aquí todo el pueblo, porque no creo que nadie haya recibido de Alberto más que el bien. Y los que han venido son muchos. No están los que por imperio de la vida se fueron antes, como sus padres y su tía, con la que se crió. No están los indiferentes, los que viven mirándose el ombligo, insensibles a todo lo que no sean sus propios intereses. Y no está alguien que no puede estar. Que no está en ningún lado y está en todas partes, esperando verdad, reclamando justicia, demandando memoria. / »Esa persona es Alicia, la hermana de Alberto, quien a pesar de ser más chica veló por él como una hermana mayor cuando ambos se quedaron solos. / »Pero Alicia no está desde hace treinta y un años. Treinta y un años exactamente hoy que la desaparecieron en Tucumán, el veintiuno de junio de 1977, los esbirros de la última dictadura cívico-militar, la más cruenta. / »A Alicia la secuestraron y desaparecieron porque formaba parte de aquella generación que tuvo que luchar para que volvieran las libertades a la patria. Para que personas como Alberto y como todos nosotros pudieran vivir en un mundo sin miedo y sin mordazas. Sin aquellos jóvenes como fue Alicia, no podríamos hoy decir lo que pensamos, obrar como creemos que hay que hacerlo, elegir nuestro destino. No se hubiera podido hacer, por ejemplo, la marcha a la plaza para pedir por la aparición de Alberto. Ni tampoco las manifestaciones con que en los últimos días unos y otros pueden expresar sin temor a ser secuestrados y desaparecidos qué país se quiere. / »Hoy despedimos a Alberto como no pudimos hacerlo con Alicia. Por eso, cuando pidan justicia para él, recuerden pedirla también para ella. Y que el Señor los acoja a ambos entre sus elegidos».

72

A continuación había una hoja en blanco y luego ya no había nada más excepto la superficie porosa del cartón amarillo de la carpeta, que quedó abierta un momento y luego fue cerrada por una mano que, aunque en ese momento no pensase yo en absoluto en ello, era la mía y estaba llena de pliegues y de surcos que eran como caminos rurales transitados por la devastación y la muerte.

III

Los padres son los huesos en los que los hijos se afilan los dientes.

JUAN DOMINGO PERÓN

1

Una vez, mucho tiempo atrás de que todo esto sucediera, mi madre me había regalado un rompecabezas que yo me había apresurado a armar bajo su mirada. Es improbable que hacerlo me llevase mucho tiempo, puesto que era un puzzle para niños y tenía unas pocas piezas, no más de cincuenta. Cuando acabé, se lo llevé a mi padre y se lo mostré con orgullo infantil, pero mi padre negó con la cabeza y dijo: Es muy fácil, y me pidió que se lo diera. Yo se lo entregué y entonces él comenzó a cortar las piezas en trozos minúsculos y carentes de sentido. No se detuvo hasta que hubo cortado todas las piezas, y cuando acabó me dijo: Ahora armalo, pero yo nunca pude volver a hacerlo. Unos años antes mi padre no había destrozado un puzzle; había creado uno para mí, con piezas de madera rectangulares, cuadradas, triangulares y redondas, que había pintado más tarde de colores que facilitaban su identificación; de todo ello, apenas recuerdo que las figuras redondas eran amarillas y las cuadradas tal vez fueran rojas o azules, pero lo que importa es que al cerrar la carpeta de mi padre pensé que mi padre había creado para mí otro rompecabezas. Esta vez, sin embargo, las piezas eran móviles y debían ser recompuestas en un tablero mayor que era la memoria y era el mundo. Una vez más, me pregunté por qué mi padre había participado en la búsqueda de aquel hombre asesinado y por qué había querido documentar sus esfuerzos y los resultados que éstos no habían arrojado, y las últimas palabras que él había dicho sobre el tema, que vinculaban al asesinado con su hermana desaparecida. Tuve la impresión de que mi padre no había estado buscando realmente al asesinado, que éste le importaba poco o nada; que lo que había hecho era buscar a la hermana, restituir allí y entonces una búsqueda que ciertas circunstancias trágicas, que yo mismo, y tal vez él y mi madre, habíamos intentado olvidar, le habían impedido llevar a cabo en el mes de junio de 1977, cuando mi madre y él y yo —mis hermanos no habían nacido aún— vivíamos en un ambiente en que el terror hacía que los sonidos y los movimientos nos llegasen retardados, como si estuviéramos bajo el agua. Me dije que mi padre había querido encontrar a su amiga a través de su hermano pero también me pregunté por qué no había iniciado esa búsqueda antes, cuando el hermano asesinado vivía aún y no hubiera sido difícil para mi padre conversar con él; cuando el hermano desapareció, pensé, uno de los últimos vínculos que lo unían a la mujer muerta se había roto, y precisamente por ello carecía de sentido buscarlo, puesto que los muertos no hablan, no dicen nada desde las profundidades de los pozos en que son arrojados en la llanura argentina. Me pregunté si mi padre sabía que su búsqueda no arrojaría ningún resultado, y si simplemente no estaba encandilado por la simetría de dos hermanos desaparecidos a algo más de treinta años de distancia uno de otro, dispuesto a arrojarse una y otra vez contra la luz que lo encandilaba hasta caer rendido, como un insecto en el aire oscuro y caliente de una noche de verano.

Mi hermana estaba de pie junto a la máquina de café que había en el extremo del pasillo en que se encontraba la unidad de cuidados intensivos y solo habló cuando acabé de contarle acerca de la carpeta de mi padre. Él participó de la búsqueda de Burdisso pero lo hizo por su cuenta, sin mezclarse con las otras iniciativas, me dijo. Buscó en sitios que a la policía le parecían poco atractivos, como arroyos y cañadas, y debajo de unos puentes derruidos que los cruzan; también en algunas casas abandonadas en los cruces de los caminos rurales. Quizá ya estaba enfermo por entonces o quizá se enfermó a consecuencia de lo que pasó. No hablaba de otra cosa que de eso, durante todas las semanas que duró la búsqueda. Pregunté a mi hermana por qué mi padre se había involucrado de ese modo en la búsqueda de alguien a quien apenas conocía, pero mi hermana me interrumpió con un gesto y dijo: Lo conocía; habían ido juntos a la escuela durante algún tiempo. Cuánto, pregunté. Mi hermana se encogió de hombros. No lo sé, pero una vez me dijo que se arrepentía de no haber hablado con Burdisso sobre su hermana mientras aún vivía, que él lo veía en ocasiones en la calle y siempre pensaba en acercársele y preguntarle si sabía algo de ella pero nunca sabía cómo comenzar una conversación así y acababa dejándolo. Quién es Fanny, pregunté. Mi hermana pensó un momento: Es una pariente lejana de Burdisso, dijo. Él quería convencerla de que interviniera en el juicio como actor civil para impulsarlo. Qué lo llevaba a querer buscar a la desaparecida, le pregunté, pero mi hermana se llevó el vaso de café a los labios, le dio un sorbo y lo arrojó a la papelera. Está frío, murmuró y extrajo otra moneda del bolsillo y la introdujo en la máquina y dijo, como si continuase una conversación anterior: Lo has visto en el museo. A quién, pregunté yo. Mi hermana dijo el nombre de mi padre. Lo entrevistan en una exposición que hay en el museo de la ciudad; deberías ir a verlo, agregó, y yo asentí en silencio.

3

Al entrar al museo pagué mi entrada y busqué la sala que albergaba la exposición dedicada a la prensa diaria de la ciudad. El museo reunía miscelánea poco importante y la quincalla de una ciudad mercantil que carecía de historia excepto la de las subidas y bajadas de los precios de los cereales que la ciudad había embarcado en su puerto a lo largo de los años, la única razón que justificaba su existencia en ese sitio al costado de un río y no dos kilómetros más al sur o más al norte o en cualquier otro lugar. Mientras atravesaba las salas pensé que yo había vivido en esa ciudad y que alguna vez había sido el sitio en el que supuestamente iba a quedarme, atado de forma permanente a ella por una fuerza atávica que nadie parecía poder explicar pero que afectaba a muchos de los que vivían allí, que la odiaban de un modo vehemente y sin embargo nunca se marchaban de ella, una ciudad que no soltaba a quienes habían nacido en ella, que se marchaban y volvían o no se marchaban jamás y se bronceaban en verano y tosían en invierno y compraban casas con sus mujeres y tenían hijos que tampoco podían irse de la ciudad nunca.

4

En la sala que acogía la exposición dedicada a la prensa diaria había un televisor que funcionaba de forma ininterrumpida, y una silla. Me senté en ella temblando y escuché datos y cifras y vi portadas de periódicos hasta que apareció mi padre en la pantalla. Estaba como lo recordaba en sus últimos años. Llevaba una barba blanca y larga, que se atusaba en ocasiones con un aire coqueto, y hablaba de periódicos en los que había trabajado, periódicos que había visto quebrar y volver a aparecer con otros nombres y otras plantillas en otros sitios que, invariablemente, habían sido rematados por la justicia poco después, cuando los periódicos habían vuelto a quebrar y el ciclo se había repetido desde el comienzo, si es que tenía alguno; toda una serie de ciclos más bien terribles de explotación desmedida y desempleo encadenándose uno a otro sin dejar ningún sitio a la vocación o a la esperanza. Mi padre contaba su historia, que aparentemente era también la de la prensa de la ciudad donde había decidido vivir, y yo, que le miraba en la pantalla de aquella exposición en un museo, sentía algo de orgullo y una muy fuerte decepción, que era la decepción que sentía habitualmente cuando pensaba en todo lo que había hecho mi padre y la imposibilidad de imitarle o de ofrecerle un logro que estuviera a la altura de los suyos, que habían

133

sido muchos y se contaban en páginas de periódico, en periodistas formados por él y que a su vez me habían formado a mí y en una historia política de la que yo había sabido alguna vez y después había procurado olvidarlo casi todo.

5

Miré el documental que incluía la entrevista a mi padre tres o cuatro veces esa tarde, escuchándole atentamente hasta que las fechas y los nombres comenzaron a resultarme familiares pero, sobre todo, hasta que mirarlo empezó a ser demasiado terrible. Voy a echarme a llorar, pensé, pero pensar en ello bastó para que no pudiera hacerlo. En algún momento un empleado entró y anunció que la sala se cerraría en cinco minutos y luego se acercó al televisor donde estaba hablando mi padre y lo apagó. Mi padre dejó inconclusa la frase que estaba diciendo y yo traté de completarla pero no pude: donde estaba la cara de mi padre comencé a ver la mía, que se reflejaba en la pantalla negra con todas las facciones reunidas en un gesto de dolor y tristeza que yo nunca antes había visto.

7

Una vez mi padre me había dicho que a él le hubiera gustado escribir una novela. Aquella noche, frente a su mesa de trabajo, en un cuarto que alguna vez me había pertenecido y en el que nunca parecía entrar suficiente luz, me pregunté si no lo había hecho realmente. Entre sus papeles había una lista de nombres que habían sido dispuestos en dos columnas, con trazos de colores que los vinculaban y en los que predominaba el rojo. También había una hoja de periódico, la portada de un periódico local que se llamaba *Semana Gráfica* y que yo sabía —porque alguna vez se lo había escuchado decir a mi padre, y lo que había dicho, y en particular el orgullo con el que lo había dicho, habían sobrevivido al derrumbe casi absoluto de mi memoria— que ése había sido un periódico que él había creado cuando era adolescente y que había sido su primer trabajo en periodismo, mucho antes de que se marchara a una ciudad del centro del país a estudiar esa carrera. Y también había fotografías, que tal vez conformaban los materiales para la novela que mi padre hubiera querido escribir y que no había escrito.

8

¿Cómo debía haber sido la novela que mi padre había querido escribir? Breve, hecha de fragmentos, con huecos allí donde mi padre no pudiera o no quisiera recordar algo, hecha de simetrías –historias duplicándose a sí mismas una y otra vez como si fueran la mancha de tinta en un papel plegado hasta el cansancio, un tema mínimo repetido varias veces como en una sinfonía o en el monólogo de un idiota– y más triste que el día del padre en un orfanato.

9

Una cosa estaba clara: la novela que hubiera escrito mi padre no hubiera sido una novela alegórica ni una ficción doméstica ni una novela de aventuras o de romance, no hubiera sido una alegoría ni una balada ni una novela de formación, tampoco una ficción detectivesca ni una fábula ni un cuento de hadas ni una ficción histórica, no hubiera sido una novela cómica ni épica ni de fantasía y tampoco una novela gótica o industrial; por supuesto no hubiera sido una novela naturalista o de ideas o posmoderna ni un folletín o una novela realista a la manera decimonónica y, claro, tampoco una parábola o una obra de ciencia ficción, de suspenso o una novela social, tampoco un libro de caballerías o un romance; ya puestos a ello, mejor que tampoco fuera una novela de misterio o de terror, aunque lo que resultase de ella diera miedo y pena.

10

Entre los papeles de mi padre encontré un anuncio del periódico argentino *Página 12* correspondiente al día jueves 27 de junio de 2002. El texto del anuncio era el siguiente: «Alicia Raquel Burdisso, periodista, estudiante universitaria de Letras (25 años de edad). Detenida-desaparecida por fuerzas de seguridad en la ciudad de Tucumán el 21/6/77. / »A 25 años de tu secuestro (a la salida del empleo), aún ignoramos lo que pasó. No podemos olvidar el tenebroso crimen que significó tu desaparición. Jamás obtuvimos explicación oficial alguna sobre este delito vergonzoso. / »Te recordamos con mucho cariño y emoción. / »Alberto, Mirta, Fani, David». A la derecha del texto había una fotografía de una mujer joven. La mujer tenía un rostro ovalado enmarcado por un cabello negro y abundante, y en su rostro destacaban unas cejas finas y unos ojos grandes y muy delineados que no miraban al observador de la fotografía sino más allá, a alguien o a algo situado a la derecha y arriba de dondequiera que estuviera el fotógrafo anónimo al capturar la imagen de la mujer, que tenía unos labios finos contraídos en una expresión de seriedad interrogante. No había ninguna razón para no creer que la mujer de la fotografía fuera Alicia Raquel Burdisso; más aún, todo parecía indicar que así era, pero su mirada y su insólita seriedad también hacían suponer que no se trataba de una joven de veinticinco años sino de una mujer que había visto muchas cosas y había decidido avanzar hacia ellas y apenas podía detenerse un instante para posar para una fotografía, una persona que miraba tan firmemente un punto elevado en las alturas que, de ser interrogada en el momento en que se la fotografiaba, apenas hubiera sabido decir cómo se llamaba o dónde estaba su casa.

11

A continuación había otras fotografías. En la primera se veía a una decena de jóvenes sentados a una mesa con dos botellas de vino, una de las cuales aún no ha sido abierta, y unos vasos. No todos los jóvenes miran al fotógrafo o a la fotógrafa; apenas lo hacen el que se encuentra a la izquierda de un joven que es mi padre, y dos mujeres que están de pie a su espalda. Una serie de elementos, en particular las rejas de una ventana, me hicieron comprender que los jóvenes se encontraban en la sala de estar de la casa de mis abuelos paternos; dos de ellos sostienen guitarras, mi padre, cuya mano izquierda está contraída en lo que parece un acorde de *mi* en lo alto del mástil del instrumento, y otra joven que parece estar tocando un *do* menor –también podría ser un *sol* sostenido menor; la ausencia de cejilla hace difícil determinarlo con precisión– y mira hacia la derecha de la fotografía. Mi padre y otro joven llevan camisa a cuadros; otro, una a rayas; dos mujeres llevan vestidos estampados de flores como era habitual verlos en la década de 1960; dos mujeres llevan el cabello lacio y otra, cortado a la manera de Jeanne Moreau. Mi padre lleva el cabello largo para la época, y una barba tupida que apenas deja libre su barbilla, que debía afeitarse. Detrás de este grupo de jóvenes se ve una pizarra escrita a mano en la que se lee: «*Semana Gráfica*, un año de veneno». A la derecha de la fotografía hay una joven que sonríe y mira hacia el frente y parece estar cantando. Es Alicia Raquel Burdisso.

12

Una fotografía más mostraba a los diez jóvenes, a los que se había sumado otro, probablemente quien fuera el fotógrafo de la imagen anterior, en el patio de la casa de mis abuelos paternos. Uno de ellos está fumando. Mi padre sonríe. Alicia se recuesta en el hombro de una de las mujeres, que la cubre casi completamente.

13

Una tercera fotografía los muestra haciendo el tonto. Mi padre lleva una especie de casco en la cabeza y sostiene una muñeca; Alicia está a su derecha y lleva un sombrero de paja y una flor cogida en el cabello; está fumando y, por primera vez en la serie de fotografías, ríe. La fotografía está fechada en noviembre de 1969.

Si se posee una copia digital de la fotografía, como es el caso, y ésta es ampliada una y otra vez, como lo ha hecho mi padre, el rostro de la mujer se descompone en una multitud de pequeños cuadrados grises hasta que la mujer, literalmente, y detrás de esos puntos, desaparece.

15

Mi padre había escrito aun un resumen breve de las biografías de las personas que había vinculado con flechas en la primera hoja de la carpeta: allí había nombres y fechas y denominaciones de partidos políticos y de agrupaciones que ya no existían y cuyo recuerdo llegaba hasta mí como las voces imaginarias de los muertos en una sesión de espiritismo. La lista de mi padre incluía una docena de nombres, seis de los cuales eran asociados a los nombres de organizaciones políticas. A continuación, mi padre había incluido en la carpeta unas fotocopias de la primera página de la publicación que él había dirigido, y destacado con un resaltador amarillo los nombres de las personas que aparecían en la lista. Uno de ellos era el de Alicia Raquel Burdisso, quien, en la lista que mi padre había confeccionado, aparecía reducida a una sola fecha, la de su nacimiento; la otra estaba presidida por un signo de interrogación, pero, para mí, allí y entonces, ese signo de interrogación no introdujo una pregunta sino una respuesta, que lo explicaba todo.

A continuación había una hoja impresa y presumiblemente extraída de la Red con la fotografía que ya había
visto en el anuncio recordatorio del diario *Página 12*, y el
siguiente texto: «Alicia Raquel Burdisso Rolotti: Detenida-Desaparecida el 21/6/77. Alicia tenía 25 años. Na-
ció el 8 de marzo de 1952. Estudiante de periodismo y
letras. Escribía poemas y notas para la revista *Aquí Noso-
tras* de la UMA [Unión de Mujeres de la Argentina, sección femenina del Partido Comunista]. Y el periódico
Nuestra Palabra [órgano oficial e histórico de este Parti-
do]. Fue secuestrada de su trabajo en San Miguel de Tucumán. Fue vista en el Centro Clandestino de Detención Jefatura de Policía de Tucumán». En la misma hoja
había un testimonio que adquiría la forma de una carta
a Alicia y estaba firmado por René Nuñez: «Hermana
del alma, todavía recuerdo cuando en medio del frío y el
silencio aterrador me corrí la venda y estabas vos, tan pe-
queñita, tan flaquita que creía [que] eras una nena de
doce años, con una sonrisa nos saludamos y percibí en ti
una fortaleza excepcional que me llenaba de esperanza,
especialmente cuando me alentabas y me decías (con señas y una escritura muda en la pared) "de aquí nos pasan
al PEN" [Poder Ejecutivo Nacional], "nos salvamos". De
ahí yo sabía que todo estaba terminado y me llevaron a
ejecutarme, no sé ni por qué ni cómo no me mataron,
me arrojaron a un baldío lleno de basura. Por eso era tan
grande la esperanza que no me imaginaba que no te vería
más. ¡Hermana, compañera, camarada! Nada más pude
hacer por ti que no fuera recordarte y continuar difun-
diendo en tu homenaje y de todos los que ya no están las

razones de nuestra lucha». A continuación, y por último, había un poema: «Ven, abandona esta madrugada / tus huecos y la soledad / donde encalló el egoísmo / y te fue devorando imperdonable. / Verás entonces que era solo mística tu ceguera / que eran sombras en el alma / y que es posible alcanzar juntos el alba / para hacernos día». Quizá el poema fuese de Alicia Burdisso.

17

Al abandonar las fotografías sobre la mesa de trabajo de mi padre comprendí que su interés por lo sucedido a Alberto Burdisso era el resultado de su interés por lo que le sucediera a su hermana Alicia, y que ese interés era a su vez el producto de un hecho que tal vez mi padre no pudiera explicarse siquiera a sí mismo pero para cuya dilucidación él había reunido todos los materiales, y ese hecho era que él la había iniciado en la política sin saber que lo que hacía iba a costarle a esa mujer la vida y que a él iba a costarle décadas de miedo y de arrepentimiento y que todo ello iba a tener sus efectos en mí, muchos años después. Al procurar dejar atrás las fotografías que acababa de ver comprendí por primera vez que todos los hijos de los jóvenes de la década de 1970 íbamos a tener que dilucidar el pasado de nuestros padres como si fuéramos detectives y que lo que averiguaríamos se iba a parecer demasiado a una novela policíaca que no quisiéramos haber comprado nunca, pero también me di cuenta de que no había forma de contar su historia a la manera del género policíaco o, mejor aún, que hacerlo de esa forma sería traicionar sus intenciones y sus luchas, puesto que narrar su historia a la manera de un relato policíaco apenas contribuiría a ratificar la existencia de un sistema de géneros, es decir, de una convención, y que esto sería traicionar sus esfuerzos, que estuvieron dirigidos a poner en cuestión esas convenciones, las sociales y su reflejo pálido en la literatura.

18

Además, y yo había visto suficientes obras así ya e iba a ver muchas más en el futuro, el relato de lo sucedido por entonces desde la perspectiva del género tenía algo de espurio, por cuanto, por una parte, el crimen individual tenía menos importancia que el crimen social, pero éste no podía ser contado mediante los artificios del género policíaco sino a través de una narrativa que adquiriese la forma de un enorme friso o la apariencia de una historia personal e íntima que evitase la tentación de contarlo todo, una pieza de un puzzle inacabado que obligase al lector a buscar las piezas contiguas y después continuar buscando piezas hasta desentrañar la imagen; y, por otra, porque la resolución de la mayor parte de las historias policíacas es condescendiente con el lector, no importa la dureza que hayan exhibido en sus argumentos, para que el lector, atados los cabos sueltos y castigados finalmente los culpables de los hechos narrados, pueda devolverse a sí mismo al mundo real con la convicción de que los crímenes están resueltos y permanecen encerrados entre las cubiertas de un libro, y que el mundo de fuera del libro se orienta por los mismos principios de justicia de la obra narrada y no debe ser cuestionado.

19

Al pensar en todo esto y al volver a pensar en ello durante los días y las noches siguientes, echado en la cama de una habitación que había sido mía o sentado en la silla de un pasillo de hospital que empezaba a resultarme conocido, frente a la claraboya circular de una habitación en la que estaba muriendo mi padre, me dije que yo tenía los materiales para escribir un libro y que esos materiales me habían sido dados por mi padre, que había creado para mí una narración de la que yo iba a tener que ser autor y lector, y descubrir a medida que la narrara, y me pregunté también si mi padre lo había hecho de forma deliberada, como si presintiese que un día no iba a estar él allí para llevar a cabo la tarea por sí mismo y que ese día se acercaba, y hubiese deseado dejarme un misterio a modo de herencia; y me pregunté también qué hubiera pensado él, que era un periodista y por lo tanto prestaba mucha más atención a la verdad que yo, que nunca me había sentido cómodo con ella y le había hecho ambages para que se apartara de mí y me había marchado a un país que no había sido una realidad para mí desde el principio, que había sido un sitio donde no existía la situación opresiva que sí había sido real para mí durante largos años, me pregunté, digo, qué hubiera pensado él de que yo escribiera un relato que apenas conocía, que sabía cómo terminaba –era evidente que terminaba en un hospital, como terminan casi todas las historias– pero no sabía cómo comenzaba o qué sucedía en el medio. Qué hubiera pensado mi padre de que yo contase su historia sin conocerla por completo, persiguiéndola en las historias de otros como si yo fuera el coyote y él el correcaminos y yo tuviera que resignarme a verle perderse en el horizonte dejando detrás de sí una nube de polvo y a mí con un palmo de narices; qué hubiera pensado mi padre de que yo contara su historia y la historia de todos nosotros sin conocer en profundidad los hechos, con decenas de cabos sueltos que iba anudando lentamente para construir un relato que avanzaba a trompicones y contra todo lo que yo me había propuesto, pese a ser yo, indefectiblemente, su autor. ¿Qué había sido mi padre? ¿Qué había querido? ¿Qué era ese fondo de terror que yo había deseado olvidar por completo y que había regresado a mí cuando las pastillas habían comenzado a acabarse y yo había descubierto entre sus papeles la historia de los desaparecidos, que mi padre había hecho suya, que había explorado tanto como había podido para no tener que aventurarse en la suya propia?

20

Al día siguiente de visitar el museo caí enfermo. El primer día, desde luego, fue el peor; de él recuerdo la fiebre y el embotamiento y una serie de sueños recurrentes que se sucedía una y otra vez a la manera de un carrusel cuyo conductor se hubiera vuelto loco o fuese un sádico. No todos los sueños tenían sentido pero su ilación sí lo tenía, y lo que esos sueños decían, incluso aunque fuera de forma fragmentaria, puedo recordarlo −pese a mi mala memoria, pese a la sucesión desafortunada de circunstancias que habían llevado a que esa memoria resultase inservible durante un largo período que comenzaba a tocar a su fin−, todo ello puedo recordarlo aún hoy.

21

Soñé que entraba a una tienda de animales y me detenía a mirar los peces tropicales; uno de ellos llamaba especialmente mi atención: era transparente, apenas se distinguían su silueta, sus ojos, también transparentes, y sus órganos; pero, a diferencia de otros peces también moderadamente cristalinos, éste era completamente cristalino y tenía los órganos separados como piedras de colores metidas en su interior sin conexión las unas con las otras, un puñado de órganos autónomos sin voluntad central.

Soñé que estaba escribiendo en mi antigua habitación en Göttingen cuando descubría que tenía insectos en los bolsillos; no sabía cómo habían llegado allí, y, aunque hubiera sido pertinente saberlo, lo único en lo que pensaba en esas circunstancias era que nadie notara que los insectos estaban allí e intentaban salir fuera.

22

Soñé que montaba un caballo cuando a éste se le desprendían de forma natural las dos patas anteriores mientras tomaba agua; el caballo se las comía y a continuación se le despegaba la cabeza del cuello y ésta rodaba en procura de volver a reunirse con él. Yo imaginaba que le crecería otra, primero un muñón con la consistencia de un feto y luego una cabeza con una forma conveniente de caballo.

23

Soñé que subía unas escaleras cuando se me caían de las manos tres anillos: el primero era un anillo de plata en forma de zigzag destinado al dedo mayor, el segundo era un anillo en forma de cadena para el dedo medio, el tercero era el anillo de Ángela F. y tenía una piedra azul.

24

Soñé que yo era un niño y observaba los preparativos para lo que comprendía que era el suicidio de una mujer; la mujer llevaba un batón y se encontraba echada en la cama de lo que yo reconocía como la habitación de un hotel modesto en algún sitio de Oriente, con un rosario entre las manos; sobre su cama había una bandera blanca y roja. La mujer tenía una escopeta entre sus brazos. Me miraba fijamente y yo comprendía que me hacía culpable de lo que iba a hacer. Yo había pensado que el suicidio iba a ser fingido pero en ese momento comprendía que sería real. Antes de llevarse el cañón de la escopeta a la boca me entregaba una fotografía en la que se veía a Juan Domingo Perón junto a los miembros destacados de la Resistencia peronista y me decía que la fotografía había sido hecha antes de que todos comenzaran a los tiros entre ellos. En la fotografía aparecía la mujer.

Soñé que soñaba la correspondencia entre las palabras «verschwunden» (desaparecido) y «Wunden» –que no existe de manera independiente en alemán pero en ciertos casos es el plural de «Wund», herida– y las palabras «verschweigen» (callar) y «verschreiben» (recetar).

11

Soñé que estaba de regreso en la llanura argentina y asistía a una diversión popular allí llamada «el domadito»: se hacía entrar con artimañas a un mono dentro de un pozo que se rellenaba con tierra, de modo que del mono solo pudiera verse la cabeza. A continuación se soltaba al ruedo un animal, generalmente un león, y se apostaba si el mono podría zafarse de la trampa en la que se encontraba y, de hacerlo, si conseguiría matar al león. En algunas pocas ocasiones el mono lo conseguía, pero siempre –hubiese conseguido derrotar a su contrincante o no– acababa dándose muerte a sí mismo, al verse parecido a los humanos que lo rodeaban y disfrutaban de una diversión semejante.

Soñé que conocía en un tren de la empresa alemana Metronom a una mujer que estaba obligada a cargar con un bebé que se desarrollaba en un útero que se encontraba fuera de su cuerpo, apenas unido a ella por el cordón umbilical. Si se lo pedía, la mujer extraía el útero de un bolso que llevaba siempre consigo y lo mostraba: el útero tenía el tamaño de un zapato; dentro había un bebé en gestación que manifestaba emociones y reacciones que solo la madre sabía interpretar. Al acercarse la revisora yo le preguntaba cómo debía hacer para llegar a un pueblo llamado Lemdorf o Levdorf, pero ella no me contestaba. En la estación de trenes de una ciudad industrial llamada Neustadt, cuyas chimeneas y fábricas podía ver desde el vestíbulo de la estación, la revisora que no me había respondido se acercaba y me decía que para ir a Lemdorf o Levdorf yo tenía dos opciones: o tomaba un autobús que se dirigía a un pueblo intermedio y luego otro más o le daba comida envenenada a un mendigo que había en la puerta de la estación. Entonces yo comprendía que Lemdorf o Levdorf, el sitio al que me dirigía en el norte de Alemania, era el infierno.

26

Soñé que conocía un método de adivinación: dos personas se escupen mutuamente en la boca; la transferencia del líquido es también la de sus proyectos y deseos.

Soñé que visitaba a Álvaro C.V. en un museo en el que trabajaba. El museo se encontraba en un edificio que recordaba a la escuela de diseño de Barcelona. Yo comenzaba a deambular por sus salas buscando a Álvaro y cada sala era diferente y en todas había objetos en los que mi atención parecía necesitar detenerse indefinidamente. En una de ellas había una vitrina en la que se exhibían objetos a manera de émbolos hechos con calabazas que –se aseguraba en el cartel explicativo– producían sonidos más allá de toda descripción. Al doblar un pasillo encontraba finalmente a Álvaro y él y yo salíamos fuera, pero mi atención había quedado en las salas y yo entendía que ya no regresaría a mí hasta que hubiera comprendido qué aparatos eran aquéllos y pudiese describir los sonidos que producían. Un momento después estaba de regreso en el museo y observaba dos experimentos que se realizaban allí. En el primero tomaban un gato y lo sumergían en una solución de goma y luego lo montaban en un caño de cartón. La mujer que realizaba las explicaciones afirmaba que el resultado era una antena que podía montarse en la casa cuando la señal de televisión o de radio fuera demasiado débil para ser captada por una antena convencional. A su lado, el gato se sacudía todavía y maullaba, pero poco a poco dejaba de hacerlo, ya no podía respirar debido al corsé de cartón, finalmente la cabeza le caía laxa en la boca del tubo sin que la antena dejara de mantenerse en pie. A continuación cogían un pequeño mono y le ponían un cuello de cartón semejante a las gorgueras del siglo XVII. Entonces comenzaban a cortarle uno a uno los músculos a la altura del cuello y estudiaban el tiempo que éstos tardaban en dejar de moverse, analizaban cuánto demoraba el mono en comprender lo que sucedía con él, inferían cuáles músculos y venas debían cortarse en última instancia para que el animal viviera la mayor cantidad de tiempo posible. Yo sabía que el cuello de cartón había sido colocado para que el mono no se aterrorizara al ver lo que se le hacía, pero sus tímidos gemidos que progresaban hacia un mero borbotear y los gestos de su rostro me hacían comprender que sabía y sentía perfectamente lo que le hacían. Una a una dejaba de mover las piernas, luego los brazos le quedaban rígidos, sus pulmones se detenían y, finalmente, cuando el rostro del animal era apenas una máscara de horror, cortaban una vena gruesa que era como un hilo rojo que sostenía unidos la cabeza y el resto de cuerpo bajo el cuello de cartón y el mono moría.

22

Soñé que veía la televisión en una pensión en Roma y que en ella se hablaba de la esposa del primer ministro serbio Goran D. El apellido de la mujer era «coño» y se decía que estaba en contacto con la «vagina» o mafia rusa.

Soñé que había una escritora loca llamada Clara. Un psiquiatra a su lado fundamentaba su negativa a autorizar a un equipo de documentalistas que la entrevistaran y decía la palabra «vejación» una y otra vez hasta que ella se levantaba y ponía un plato blanco de metal sobre su asiento diciendo que ese plato era ella. A continuación escribía con las uñas sobre el suelo de cemento una fórmula física y se marchaba. En los días siguientes dejaba de alimentarse. Yo sostenía que la escritora había querido expresar un deseo, pedir comida, y lo había hecho como sabía, como si nosotros, al querer comer sandía, pidiéramos agua y azúcar. Pero el resto de los espectadores pensaba diferente y, en cualquier caso, las fórmulas físicas —un informe de las proporciones entre la tierra y el sol— no podían ser nunca un pedido sino más bien una revelación que la escritora nos hacía antes de morirse, por la falta de alimentos y de voluntad.

31

Soñé que estaba viendo un filme con mi padre. Unos zapatos sueltos, creo que míos, se encontraban entre nosotros y el televisor, donde se mostraba un anuncio realizado con imágenes de dibujos de artefactos voladores hechos por niños. Un texto manuscrito seguía al anuncio: Nosotros somos todos parte de nuestro idioma; cuando uno de nosotros muere, muere también nuestro nombre y una parte pequeña pero significativa de nuestra lengua. Por esa razón, y porque no deseo empobrecerla, me he decidido a vivir hasta que nuevas palabras vengan. La firma al final del texto era ilegible y solo podían comprenderse las tres fechas que seguían a continuación: 1977, 2008 y 2010. Mi padre se volvía hacia mí y me decía: 2010 es 2008 sin 1977, y 1977 es 2010 al revés. No tenés nada que temer, y yo le respondía: No tengo miedo, y mi padre volvía la vista a la pantalla del televisor y decía: Pero yo sí.

IV

Somos supervivientes, duramos a la muerte de otros. No hay más remedio. Y no hay más remedio que heredar, lo que sea. Una casa, un carácter, una sociedad, un país, una lengua. Después vendrán otros; somos también gente que llegará. ¿Qué hacemos con esa herencia?

MARCELO COHEN

1

El rostro de mi madre estaba apiñado en un gesto serio cuando desperté y venía a mí como a través del aire vibrante de un día de verano. Afuera llovía –había comenzado a hacerlo cuando yo regresaba del museo, el día anterior– y el rostro de mi madre parecía resumir esa situación absurda en la que su esposo y su hijo estaban enfermos y nadie sabía qué hacer; como hacía siempre que estaba enfermo, llamé a mi hermana. Ahora está en el hospital, respondió mi madre, pero se pasó todo el día de ayer a tu lado. Mi madre me puso un paño húmedo sobre la frente. Fuiste al museo a ver a tu padre, me preguntó; no esperó mi respuesta: Ya me lo imaginaba, dijo, y apartó el rostro, que había empezado a humedecérsele.

2

Afuera la lluvia seguía cayendo, y al hacerlo penetraba en el aire y parecía tragárselo; el agua desplazaba al aire y se lo llevaba a un sitio ubicado detrás de la sólida cortina de agua que trazaba entre el cielo y la tierra, allí donde mis pulmones no alcanzarían y no llegarían tampoco los pulmones de mis padres y los de mis hermanos. Aunque el aire estaba lleno pues de agua, mi impresión era que ésta lo había vaciado, que el aire había sido desplazado y su hueco no había sido reemplazado realmente por el agua sino por una sustancia intermedia, que era la sustancia de la que está compuesta la tristeza y la desesperación y todas las cosas a las que uno espera no tener que enfrentarse jamás, como la muerte de los padres, y sin embargo están allí todo el tiempo, en un paisaje infantil en el que siempre llueve y del que uno no puede apartar la vista realmente.

4

Es la mañana o es la tarde, pregunté a mi hermano cuando éste apareció con una taza de té. Es la tarde, dijo mi hermano. Quieres decir que es tarde o que es la tarde, pregunté, pero mi hermano ya se había marchado para cuando pude articular la pregunta.

5

Es la mañana o es la tarde, volví a preguntar. Esta vez mi hermano traía un cuenco con una sopa que él había preparado. Es la noche, dijo, y señaló con un gesto hacia fuera. Me dijo que mi madre y mi hermana estaban en el hospital con mi padre y pasarían la noche allí. Así que vas a cuidarme tú, le dije procurando sonar sarcástico. Mi hermano respondió: Vamos a ver televisión, y arrastró tras de sí una pequeña mesa rodada con el aparato.

6

Me gustaba estar allí, con mi hermano. La fiebre había comenzado a retirarse pero yo aún tenía dificultades para enfocar la vista durante un largo rato y tuve que apartarla cuando mi hermano comenzó a navegar por entre los canales de la televisión local en busca de un filme que creyese conveniente para que viéramos esa noche. En un momento se detuvo en un programa en el que unos policías perseguían a delincuentes en un barrio de chabolas en las afueras de la capital del país; el audio del programa no era particularmente bueno —naturalmente, su grabación era realizada en las peores circunstancias, entre balaceras y a menudo a la intemperie— y el idioma local parecía haber cambiado mucho desde mi marcha y yo no entendía nada de lo que decían. Aunque tampoco resultaba comprensible lo que decían los policías, en el programa tan solo se subtitulaba a los pobres, y yo me quedé pensando por un momento acerca de qué país era ése en el que los pobres debían ser subtitulados, como si hablasen una lengua extranjera.

Finalmente mi hermano se detuvo en un canal en el que comenzaba un filme en ese momento. En el filme, un joven padecía un accidente trivial y debía pasar algunos días en el hospital; al regresar a su casa, por alguna razón, creía que su padre era el culpable de que él hubiera sufrido aquel accidente y comenzaba a perseguirlo, observándole desde lejos y manteniendo siempre la distancia. El comportamiento del padre no daba señas de ser peligroso, pero el hijo lo interpretaba de esa manera: si el padre entraba a una tienda y se probaba una chaqueta, el hijo pensaba que se trataba de la chaqueta con la que —puesto que el padre jamás usaba ese tipo de prendas— pensaba disfrazarse para perpetrar su crimen. Si el padre consultaba un catálogo de viajes en la peluquería, el hijo suponía que estaba buscando un sitio donde escapar tras haber consumado el asesinato. En la imaginación del hijo, todo lo que el padre hacía estaba vinculado a un asesinato, a uno solo, que el hijo creía que iba a cometer y, puesto que el hijo amaba al padre y no quería que éste acabara en la cárcel —y, como además creía que la víctima del crimen del padre iba a ser él—, comenzaba a tenderle trampas para disuadirle de cometer el asesinato supuestamente previsto o para impedir su ejecución. Escondía la chaqueta, quemaba el pasaporte del padre en el lavabo o destrozaba las maletas a navajazos. Al padre estos percances domésticos que no podía explicarse —su chaqueta nueva había desaparecido, también su pasaporte, las maletas que había en la casa estaban rotas— lo sorprendían pero también lo irritaban. Su carácter, habitualmente jovial, se agriaba día tras día, y algo que no podía explicarse, algo

difícil de justificar pero al mismo tiempo tan real como
un aguacero inesperado, le hacía sentirse perseguido por
alguien. Cuando iba camino del trabajo, miraba obsesi-
vamente los rostros de los pasajeros del vagón de metro
en el que viajaba, si caminaba se daba la vuelta en todas
las esquinas. Nunca veía al hijo pero éste sí lo veía y atribuía su nerviosismo y su irritabilidad a la ansiedad que
provocaba en él la proximidad de su crimen. Un día el
padre le contaba al hijo sus preocupaciones y éste lo di-
suadía. No te preocupes, es tu imaginación, le decía,
pero el padre seguía nervioso y excitado. Esa misma tarde, durante una de sus persecuciones de rutina, el hijo lo
sorprendía comprando una pistola. Al llegar a la casa esa
noche, el padre mostraba el arma a su mujer y a su hijo
pero entonces tenía lugar una discusión. La mujer, que
dudaba desde hacía tiempo de las facultades de su marido, quería arrebatarle el arma, había un forcejeo al que
el hijo asistía sin saber qué decir hasta que soltaba un grito y se interponía entre ellos. Entonces la pistola se disparaba y la madre caía muerta. Al bajar la vista, el hijo
comprendía que su intuición había sido correcta al tiempo que errónea, que había previsto el crimen pero no
había sido capaz de imaginar que no era él quien iba a
ser su víctima; más aún, que el autor del crimen sería él
y no su padre, y que éste iba a ser apenas el instrumento
de una imaginación desbocada y que no le pertenecía y
todo iba a ser la acumulación de unos hechos reales, profundamente reales, pero malinterpretados. Al acabar el
filme descubrí que mi hermano se había quedado dormido a mi lado en su silla y no quise despertarlo. Las luces de anuncios de yogures y de coches estuvieron pe-
gándose aún a mi rostro durante un largo rato.

Anteanoche delirabas, dijo mi hermana al traerme una taza de té a la mañana siguiente. Me preguntó si recordaba qué había soñado y yo recordé dos o tres sueños y se los conté. Me dijo que no le gustaban porque en todos morían animales, pero que el de mi padre estaba bien. No los soñé para que te gustaran, respondí, y ella sonrió. Siempre nos contabas tus sueños cuando él nos llevaba a la escuela, te acordás. Negué con la cabeza. Él salía primero y encendía el coche y después salíamos nosotros y nos subíamos al asiento trasero y allí nos contabas lo que habías soñado la noche anterior; siempre soñabas con animales muertos y torturados. Nunca entendí por qué siempre salía él primero a encender el coche, dije; no tenía ningún sentido porque de todas formas iba a tener que esperar por nosotros. Mi hermana me miró como si no entendiera lo que yo acababa de decir o yo fuera uno de esos marginales que había visto en la televisión hablando en su lengua de pobres y perdidos en la tierra que no les pertenecía. No entiendo cómo no te acordás, me respondió. En esa época mataban a periodistas, les ponían bombas en los coches; él salía solo cada vez a encender el coche para asumir todo el riesgo él y protegernos. No puedo creer que no te acuerdes, dijo.

Entonces sucedió que aquello que yo había procurado
no recordar regresó a mí con una intensidad desusada,
y ya no fue de soslayo, como las imágenes borrosas de fotografías que yo hubiera ido reuniendo tan solo para
no mirarlas, para saber que disponía de ellas pero no iba
a mirarlas otra vez, sino de frente y con la fuerza avasa-
llante del camión de bomberos que yo veía en ocasiones
cuando me había excedido en el consumo de pastillas.
Simplemente estaba allí y lo explicaba todo para mí, explicaba el terror con el que yo vinculaba involuntariamente el pasado, como si en el pasado hubiéramos vivido
en un país con ese nombre y una bandera que fuera un
rostro descompuesto de espanto, explicaba mi odio hacia
ese país infantil y el abandono de ese país, en un destie-
rro que había comenzado mucho tiempo antes de que yo
me marchara a Alemania y procurara, y finalmente con-
siguiera, olvidarlo todo. Una vez había querido creer que
mi viaje no tenía retorno porque yo no tenía un hogar al
que volver debido a las particulares condiciones en que
mi familia y yo vivimos durante un largo período, pero
en ese momento me di cuenta de que sí tenía un hogar y
que ese hogar eran un montón de recuerdos y que esos
recuerdos siempre me habían acompañado, como si yo
fuera uno de esos caracoles imbéciles a los que mi abuelo paterno y yo torturábamos cuando era niño.

Cuando era niño tenía órdenes de no traer a otros niños a la casa; si debía andar solo por la calle, debía hacerlo en dirección opuesta al tráfico y prestar atención si un coche se detenía junto a mí. Yo llevaba una placa al cuello con mi nombre, mi edad, mi grupo sanguíneo y un teléfono de contacto: si alguien intentaba meterme dentro de un coche debía arrojar esa placa al suelo y gritar mi nombre muchas veces y tan alto como pudiera. Tenía prohibido patear las cajas de cartón que encontraba en la calle. No debía contar nada de lo que escuchaba en mi casa. En ella había un escudo que había pintado mi padre, con dos manos estrechadas sosteniendo algo que parecía un martillo coronado por un gorro frigio sobre un fondo celeste y blanco enmarcado por un sol naciente y unos laureles; yo sabía que ése era el escudo peronista pero no podía decírselo a nadie, y también yo debía olvidar su significado. Estas prohibiciones, que recordé en aquel momento por primera vez en mucho tiempo, estaban destinadas a preservarme y a preservarnos a mis padres y a mí y a mis hermanos en una época de terror, y parecían haber sido ya olvidadas por mis padres pero no por mí, porque al recordarlas pensé en algo que yo solía seguir haciendo incluso en la ciudad alemana, cuando estaba distraído: trazando rutas imaginarias que me condujeran al sitio al que me dirigía con el tráfico de cara.

Acerca de los caracoles: mi abuelo y yo pintábamos sus conchas de colores y a veces les escribíamos mensajes. Una vez mi abuelo dejó un saludo en su nombre y puso al caracol en tierra y el caracol se marchó y mucho tiempo después nos lo trajeron: había sido encontrado a unos cuantos kilómetros de allí, a una distancia relativamente grande para mí pero quizá imposible para un caracol; esa proeza suya se me quedó grabada, y también estuve pensando durante un largo tiempo en que todo volvía, que todo regresaba incluso aunque llevase todo lo que tenía consigo y no tuviese ninguna razón para volver. Entonces decidí que yo no iba a volver jamás, y cumplí esa promesa infantil a mí mismo durante un largo período de nieblas alemanas y de intoxicación, y, aunque en ese momento la suma de circunstancias que habían tenido lugar había hecho que yo regresara, mi regreso no era al país que mis padres habían querido que yo amara y que se llamaba Argentina sino a un país imaginario para mí, por el que ellos habían luchado y que no había existido nunca. Al comprender esto, entendí también que no había sido la intoxicación producida por las pastillas la que había ocasionado la incapacidad para recordar los eventos de mi infancia, sino que habían sido esos mismos hechos los que habían provocado mi deseo de intoxicarme y de olvidarlo todo, y entonces decidí recordar y hacerlo por mí y por mi padre y por lo que ambos habíamos salido a buscar y nos había reunido sin que lo quisiéramos.

Mis padres habían pertenecido a una organización política cuyo nombre fue Guardia de Hierro. A diferencia de su desafortunado nombre, que la asocia con una organización rumana de entreguerras con la que su homóloga argentina tan solo coincide en la denominación [1], la organización de mis padres era de tipo marxista leninista y en algún momento de su existencia [2] se convirtió en peronista, aunque la forma de pensar de sus integrantes —más aún, la de mis padres, que se incorporaron a la organización cuando ésta ya había comenzado a ser peronista— siguió siendo marxista o, al menos, materialista histórica [3] [4]; puesto que sus miembros no provenían en su mayoría de hogares peronistas, sus esfuerzos se orientaron a averiguar en qué consistía ser uno, y recurrieron a los barrios, en los que la épica peronista de la distribución del ahorro y los tiempos de prosperidad y paternalismo aún estaban vívidos en la memoria de sus habitantes, como también estaba presente la Resistencia [5], a la que la organización de mis padres contribuyó en su última etapa. Este aspecto diferencia a la organización de mis padres de Montoneros, la organización con la que en un momento estuvo a punto de fusionarse [6]: Guardia de Hierro no se creyó en disposición de la verdad acerca del proceso revolucionario sino que salió a buscarla en la experiencia de resistencia de las clases bajas [7]; no procuró imponer unas prácticas sino adquirirlas. La otra diferencia sustancial fue su rechazo a la vía armada; tras un período de discusión [8], la organización decidió no recurrir a las armas excepto con fines defensivos, y supongo que esto es lo que salvó la vida de mis padres y de una buena cantidad de sus compañeros y, de forma indirecta, la mía [9]. A partir de ese momento las herramientas principales de construcción de poder de la organización fueron la palabra y la discusión, cuyo potencial de transformación es, como sabemos, ínfimo; pero algo sucedió con ellos: durante un largo período fueron la organización más poderosa del peronismo y la única con una inserción real más allá de la clase media, cuya voluntad de transformación acabó demostrándose inexistente. Su propuesta era la de crear una «retaguardia ambiental» [10], un Estado en la base material de la sociedad con la finalidad de reemplazar al Estado militarizado y carente de legitimación política que había sido instalado en 1955 y construir poder desde las bases atendiendo a sus problemas reales y sin optar por las armas excepto como instrumento marginal de construcción de una alternativa y como elemento de agitación [11]. Sin embargo, ser un peronista absolutamente leal a Perón acabó convirtiéndose en una trampa, puesto que, por una parte, la adhesión incondicional al líder del movimiento llevó a la organización de mis padres a aceptar un gobierno impotente constituido por una mujer ignorante y un asesino sádico al que llamaban El Brujo por su esperpéntico entusiasmo por las artes ocultas, y, por otra, les llevó a un callejón de salida tras la muerte de Perón [12]. ¿Adónde va un ejército cuando su general ha muerto? A ninguna parte, naturalmente. Aunque Perón afirmó que su «único heredero» era el pueblo, el que a su vez estaba penetrado por Guardia de Hierro, que nadaba en él como el pez en el agua pero a su vez le ponía un cauce y lo demarcaba —como si el agua careciese de sentido sin el pez y éste sin el agua y uno y otro fuesen a desaparecer ante la ausencia del otro—, Guardia de Hierro se disolvió tras la muerte de Perón [13], incapaz de hacerse cargo de una herencia que iba a tener que defender con armas y con sangre en los meses que vendrían. Esto también salvó la vida de mis padres y la mía [14]. Aquellos entre sus compañeros que decidieron integrarse a otras organizaciones para continuar la militancia fueron asesinados y desaparecidos, y otros se marcharon del país, pero el resto también vivió un doloroso proceso de adaptación y una especie de exilio interior en el que debieron asistir al fracaso de una experiencia revolucionaria a la que la dictadura pondría un final definitivo. Quien continuó tras ese final o fue mandado a continuar fue asesinado; mis padres continuaron a su manera: mi padre siguió siendo periodista y mi madre también, y tuvieron hijos a los que les dieron un legado que es también un mandato, y ese legado y ese mandato, que son los de la transformación social y la voluntad, resultaron inapropiados en los tiempos en que nos tocó crecer, que fueron tiempos de soberbia y de frivolidad y de derrota.

13

Nací en diciembre de 1975, lo que supone que fui concebido hacia marzo de ese año, algo menos de un año después de la muerte de Perón y apenas unos meses después de la separación de la organización de la que formaban parte mis padres. Me gusta preguntarles a las personas que conozco cuándo han nacido; si son argentinos y han nacido en diciembre de 1975 pienso que tenemos algo en común, ya que todos los nacidos por esa época somos el premio de consolación que nuestros padres se dieron tras haber sido incapaces de hacer la revolución. Su fracaso nos dio la vida, pero también nosotros les dimos algo a ellos: en aquellos años, un hijo era una buena pantalla, una señal inequívoca que debía ser interpretada como la adhesión a una forma de vida convencional y alejada de las actividades revolucionarias; un niño podía ser, en un retén o en un allanamiento, la diferencia entre la vida y la muerte.

14

Un minuto. Un minuto era una mentira, una cierta fábula que mi padre y sus compañeros inventaban todo el tiempo por el caso de que los detuvieran; si el minuto era bueno, si era convincente, quizá no los mataran de inmediato. Un minuto bueno, una buena historia, era simple y breve e incluía detalles superfluos porque la vida está llena de ellos. Quien contara su historia de principio a final estaba condenado, porque ese rasgo específico, la capacidad de contar una historia sin dubitaciones, que tan raramente se encuentra entre las personas, era para quienes les perseguían una prueba de la falsedad de la historia mucho más fácil de determinar que si la historia tratara de extraterrestres o fueran cuentos de aparecidos. En esos años, un hijo era ese minuto.

Naturalmente, un minuto tampoco podía ser contado de forma consecutiva y lineal, y supongo que mi padre tenía esto en mente cuando me dijo que le hubiera gustado escribir una novela pero que ésta nunca podría haber sido narrada en esos términos. Naturalmente también, yo no hubiera sido consecuente con lo que mis padres hacían y pensaban si la hubiese contado de ese modo; la pregunta sobre cómo narrar su historia equivalía a la pregunta de cómo recordarla y cómo recordarlos, y acarreaba otros interrogantes: cómo narrar lo que les sucedió si ellos mismos no han podido hacerlo, cómo contar una experiencia colectiva de forma individual, cómo dar cuenta de lo que les pasó a ellos sin que se piense que se intenta convertirlos en los protagonistas de una historia que es colectiva, qué lugar ocupar en esa historia.

En la casa de mis padres encontré algunos libros sobre su organización, sobre la que se han escrito pocos de todas formas. En los días siguientes los leí en el hospital, mientras esperaba que alguien llegase con noticias, fuesen éstas buenas o malas, y esas noticias pusiesen fin al período de incertidumbre, todo un tiempo fuera del tiempo, que había comenzado su periplo inmóvil cuando mi padre había enfermado. En esos libros encontré la información que yo solo conocía de forma imprecisa y a través del relato de mis padres y de mi propia percepción del miedo. Aquí están las notas que completan todo lo escrito arriba. [1] La Guardia de Hierro rumana fue una organización de índole religiosa ubicada en la extrema derecha del espectro político de entreguerras y profundamente antisemita; su fundador fue Corneliu Zelea Codreanu (13/09/1899-30/11/1938). [2] En realidad, mis padres provenían del Frente Estudiantil Nacional (FEN), ésa sí una organización marxista, que confluyó con el peronismo ortodoxo de Guardia de Hierro en una entente denominada Organización Única para el Trasvasamiento Generacional (OUTG) y creada a comienzos de 1972. [3] En realidad, su cúpula continuó siendo una minoría paranoica de tipo leninista. [4] En ese sentido, sus adversarios eran los humanistas y los católicos, que suelen ser los adversarios correctos en todas las épocas y circunstancias. [5] La Resistencia fue un movimiento desarticulado y plural que surgió espontáneamente a modo de respuesta al derrocamiento de Juan Domingo Perón en junio de 1955 y su exilio, la proscripción de su fuerza política y la prohibición de la utilización del nombre de Perón y de su imagen así como de la iconografía peronista en general. Los métodos de la Resistencia fueron básicamente el sabotaje industrial, las huelgas y las movilizaciones espontáneas; el período más intenso de lucha correspondió al situado entre los años 1955 y 1959, durante los cuales el movimiento estuvo bajo la órbita de John William Cooke. [6] La convergencia entre Guardia de Hierro y Montoneros fue discutida a lo largo de 1971 y tenía como finalidad práctica dotar a la primera de las organizaciones de poder de fuego y a la segunda de inserción en el territorio y más miembros: en su apogeo, Guardia de Hierro contaba con tres mil «cuadros» de conducción y quince mil militantes y activistas; mi padre estuvo entre los primeros y mi madre entre los segundos, creo. [7] En ese sentido, los antiguos miembros de la organización recuerdan las actividades de agitación y propaganda en barrios marginales como una de sus principales tareas y una escuela para ellos. [8] Al parecer, sus primeros miembros fantasearon con la posibilidad de recibir formación militar en Argelia o en Cuba pero fueron disuadidos por el propio Juan Domingo Perón. [9] Una diferencia más con la organización antes mencionada: los líderes de Guardia de Hierro no abandonaron a sus seguidores ni les obligaron a morir en nombre de una idea en la que ellos ya no creían como hicieron los de Montoneros después de ordenar un tránsito a la clandestinidad que dejó a sus militantes desprotegidos, blancos móviles de los asesinos que los matarían. [10] En ocasiones también llamaban a esto una «reserva estratégica de peronismo». [11] Más específicamente, su proyecto político consistía en incorporarse a los sectores peronistas –lo que quizá equivalga a decir, como preferirían mis padres: «al pueblo»– cuando su conciencia política y revolucionaria, que –de acuerdo a la organización– ya existía y por lo tanto no era necesario inculcarle, se hubiera exacerbado. [12] Quizá pueda decirse que su cúpula había ingresado en ese callejón sin salida mucho antes, cuando la reflexión sobre los hechos adquirió mayor importancia en el marco de la organización que los hechos mismos. En ese sentido, su posición en la abortada llegada de Perón al aeropuerto internacional de Ezeiza el 20 de junio de 1973 fue una anticipación de lo que le sucedería a toda la organización: quedó atrapada entre la derecha peronista asociada al sindicalismo y la izquierda representada por Montoneros, y debió retirarse. [13] Guardia de Hierro se disolvió entre julio de 1974 y marzo de 1976; durante ese período sus dirigentes procuraron preservar el orden institucional pero fueron prácticos, quizá por última vez en su historia, y trabajaron con la hipótesis de un golpe de Estado inminente estableciendo acuerdos con las fuerzas que participarían en ese golpe para preservar a sus miembros. Algunos recuerdan que en la reunión en que se les comunicó la disolución se les exigió entregar su nombre y sus datos de localización; algunos aseguran incluso que esas listas pasaron a manos de la Marina y que eso salvó la vida de todos. [14] En los hechos, la disolución de la organización supuso también un evento extraordinario en la vida política, de Argentina y de cualquier otro país; es difícil concebir una organización que, como ésta, se haya dedicado a reunir poder durante algo más de una década –de 1961 a 1973– pero haya renunciado al uso de ese poder tras la muerte de su líder.

18

Mi memoria, que se había visto interrumpida durante largos años, había comenzado a funcionar otra vez al recordar estos hechos pero no lo hacía de forma lineal: la memoria regurgitaba imágenes y recuerdos que desplazaban con violencia aquello que yo estuviera viendo o haciendo en el momento en que éstos tenían lugar y me impedían vivir por completo en el presente, que por otra parte era incómodo y triste, pero no podían devolverme totalmente al pasado. Naturalmente, había un porcentaje indescifrable de interpretación y tal vez de invención en lo que yo recordaba, pero alguien me había dicho alguna vez que no importaba cuán imaginaria fuera la causa, porque las consecuencias de ésta siempre eran reales. Entonces, las consecuencias de todo lo vivido eran el miedo y una serie de recuerdos que yo había recogido a lo largo de los años y que habían permanecido en mi memoria contra todo intento por mi parte de eliminarlos. Ésta era una revelación para mí, y era una revelación que tenía lugar en el pasillo de un hospital de una ciudad y de un país a los que yo no había querido regresar nunca, o mientras yo sostenía la mano de mi padre como nunca hubiera deseado sostenerla, en una habitación de hospital, en un sitio donde yo comenzaba a saber quién había sido mi padre cuando ya era tarde para todos nosotros, pero especialmente para mí y para él.

19

Entre las cosas que recordaba estaban: los relatos de los compañeros de mi padre acerca de la efervescencia de la ciudad de *osario durante ese período y la convivencia de estudiantes y obreros en sus manifestaciones. Las cintas con discursos de Juan Domingo Perón que éste grababa en su exilio en Madrid y llegaban periódicamente por vías más o menos misteriosas hasta las manos de los miembros de la organización, que las difundían en los barrios; con esto no me refiero al contenido de las cintas

—que creo recordar que los compañeros de mis padres habían olvidado— sino más bien a su aspecto material, a las cintas en sus carretes y los aparatos utilizados para reproducirlas, y también el recuerdo de uno de esos aparatos, que yo utilicé durante mi infancia y era blanco y negro y a menudo no funcionaba. Un monumento con forma de araña invertida que mis padres y sus compañeros llamaban «la Mandarina» y estaba en un barrio de trabajadores y marginales junto a un arroyo de aguas infectadas del que salían peces prodigiosos. Los relatos de la pertenencia a la organización, de la vida privada de sus miembros y la historia de una de sus compañeras, que había sido enjuiciada y expulsada de la organización por haberse liado con el miembro de una organización rival. Las defecciones de algunos de sus miembros, contadas con indignación pero también con algo parecido a la perplejidad y a la compasión por sus antiguos compañeros. Una cifra, la de ciento cincuenta miembros de la organización muertos durante la represión ilegal, que han contabilizado las organizaciones de derechos humanos. Mi madre explicándome un día cómo crear una barricada, cómo desenganchar un trolebús y cómo confeccionar un cóctel molotov. El recuerdo, imaginario o real, de que mi padre alguna vez me había contado que él había estado acreditado como periodista en el palco en el que supuestamente iba a hablar Perón a su llegada a Ezeiza, ésta es la parte real del recuerdo, y de cómo, al comenzar el cruce de disparos, se escondió tras el estuche de un contrabajo en el foso destinado a la orquesta, en la que quizá sea la parte imaginaria del recuerdo. También las historias de mi madre sobre su marcha al encuentro de Perón en su primer retorno de 1972, y ella atravesando el río Matanza con el agua densa y podrida a la cintura y unos pantalones blancos que tuvo que tirar a la basura, y sus historias y las historias de sus amigas sobre la muerte de Perón el primero de julio de 1974 y las colas para despedirse del gran hombre bajo una lluvia pertinaz y fría que disimulaba las lágrimas, y las largas colas y la gente que se acercaba a entregar comida o una taza de café a los jóvenes que esperaban su turno a la intemperie, más a la intemperie de lo que jamás habían estado, como me contaron; y luego el regreso en tren, en un tren con las ventanillas rotas por las que se colaba el frío y la lluvia y toda la muerte que iba a tener lugar en los meses y en los años siguientes; y la tristeza y el llanto y la sensación de que todo había acabado. También recordé la muerte de uno de los compañeros de mis padres, sobre la que ellos me habían contado en una ocasión; eso había sucedido en enero de 1976 y había llevado a mi madre a esconderse en la casa de mis abuelos paternos. Al llevarla allí, mi padre le había dicho: Si dentro de una semana no tienen noticias mías no me busquen, y mi madre se había quedado allí, en ese pueblo, con mis abuelos paternos, vagando a través de los días de esa semana con los ojos cerrados. Entonces, la impotencia ante todo lo que sucedía y el miedo, que yo había pensado de niño que mis padres no conocían y que sin embargo conocían mucho mejor de lo que yo pensaba, vivían con él y luchaban contra él y nos sostenían en él como se sostiene a un niño recién nacido en lo alto de una habitación de hospital para que el niño se haga uno con el aire que le rodea y le rodeará y así viva; y la carencia de una organización, que en esos años era lo mismo que decir la carencia de una contención y una orientación y de los vínculos afectivos y las amistades, que no podían volver a visitarse bajo riesgo de que esos encuentros fueran interpretados como un retorno a la lucha, y la soledad y el frío. También, la práctica de rituales privados que iban a acabar dejando huellas en todos nosotros y particularmente en quienes éramos niños por entonces: la exclusión de las celebraciones, las precauciones en el uso del teléfono, el compartimentamiento, mi padre caminando hacia el coche cada mañana, mis hermanos yendo de la mano y sorteando los bultos en las aceras, yo caminando en dirección opuesta al tráfico y bajando la cabeza al ver pasar un coche de policía, compartiendo el silencio con mis padres y mis hermanos, un poco perplejo cada vez que –pero esto sucedió muchos años después– mis padres volvían a encontrarse con sus compañeros y los recuerdos dolorosos y los alegres se superponían en sus voces y se confundían y se fundían en algo que era tan difícil de explicar para mí y que tal vez sería inconcebible para sus hijos y que era un afecto y una solidaridad y una lealtad entre ellos que estaban más allá de las diferencias que pudieran tener en el presente y que yo atribuía a un sentimiento que yo también podría haber tenido hacia otras personas en el caso de que hubiéramos compartido algo fundamental y único, en el caso de que –y esto, desde luego, sonaba pueril o tal vez metafórico, pero no lo era de ningún modo– yo hubiera estado dispuesto a dar la vida por unas personas y esas personas hubieran estado dispuestas a darla por mí, todos los apodos o más bien nombres de guerra que emplearon, los de sus compañeros y los que todavía utilizan mis padres.

20

También una frase, que se recortaba sobre un perfil característico, un perfil que todo argentino conoce porque es el perfil de Juan Domingo Perón y ese perfil es amado u odiado pero puede reemplazar a las siluetas del país que nos obligaban a dibujar en el colegio como uno de los símbolos más característicos de Argentina; la frase, digo, era del propio Perón, y su presencia en la sala de estar de mis padres le otorgaba la condición de un mandato y nos obligaba a su memorización. Aún no la he olvidado: «Como hombre del destino creo que nadie puede escapar de él. Sin embargo, creo que podemos ayudarlo, fortalecerlo, y tornarlo favorable hasta el punto en que sea sinónimo de victoria».

21

¿Qué podía yo hacer con ese mandato? ¿Qué iban a poder hacer con él mis hermanos y todos aquellos que yo iba a conocer después, los hijos de los militantes de la organización de mis padres pero también los de los miembros de las otras organizaciones, todos perdidos en un mundo de desposesión y de frivolidad, todos miembros de un ejército derrotado hace tiempo cuyas batallas ni siquiera podemos recordar y que nuestros padres ni siquiera se atreven a mirar de frente todavía? El historiador griego Jenofonte había narrado la historia de un ejército así, unos diez mil soldados griegos que habían fracasado en su intento de instalar a Ciro el Joven en el trono de Persia y por esa razón habían tenido que atravesar casi cuatro mil kilómetros de territorio enemigo hasta encontrar el refugio de la colonia griega de Trapisonda, siendo continuamente hostigados en una de las marchas más terribles que se recuerden. La marcha narrada por Jenofonte se extendió apenas por un año; para comprender las dimensiones reales de lo que nos sucedió a nosotros habría que imaginar que ésta hubiese durado varias decenas de ellos, y pensar en los hijos de aquellos soldados, criados en la impedimenta de un ejército derrotado que atraviesa desiertos y picos nevados de un territorio hostil, con el peso inevitable de la derrota y ni tan siquiera la compensación del recuerdo de un período en el que la derrota no era inminente y todo estaba por ser hecho. Al llegar a Trapisonda, los diez mil soldados de Jenofonte eran apenas la mitad, sólo cinco mil hombres.

22

Me pregunté qué podía ofrecer mi generación que pudiera ponerse a la altura de la desesperación gozosa y del afán de justicia de la generación que la precedió, la de nuestros padres. ¿No era terrible el imperativo ético que esa generación puso sin quererlo sobre nosotros? ¿Cómo matar al padre si ya está muerto y, en muchos casos, ha muerto defendiendo una idea que nos parece acertada incluso aunque su ejecución haya sido indolente o torpe o errónea? ¿De qué otra manera estar a su altura que no sea haciendo como ellos, peleando una guerra insensata y perdida de antemano y marchando al sacrificio con el canto sacrificial de la juventud desesperada, altiva e impotente y estúpida, marchando al precipicio de la guerra civil contra las fuerzas del aparato represivo de un país que, en sustancia, siempre ha sido y es profundamente conservador? Algo nos había sucedido a mis padres y a mí y a mis hermanos y había hecho que yo jamás supiera qué era una casa y qué era una familia incluso cuando todo parecía indicar que había tenido ambas cosas. Alguna vez mis padres y yo habíamos tenido un accidente del que hasta entonces yo no había podido o no había querido recordar nada: algo se había cruzado en nuestro camino y nuestro coche había dado un par de vueltas y se había salido de la carretera, y nosotros estábamos ahora deambulando por los campos con la mente en blanco, y lo único que nos unía era ese antecedente común. A nuestras espaldas había un coche volcado en la cuneta de un camino rural y manchas de sangre en los asientos y en los pastos y en nuestras ropas, pero ninguno de nosotros quería darse la vuelta y mirar a sus espaldas, pero eso era lo que teníamos que hacer y lo que yo procuraba hacer en ese momento, sosteniendo la mano de mi padre en un hospital de provincias.

24

Una conversación nocturna con mi hermana, en el hospital: le pregunté por los nombres que había encontrado en una lista entre los papeles de mi padre, los nombres de los que habían formado parte de la primera publicación que había hecho, y qué hacía Alicia Burdisso allí. Son los nombres de personas del pueblo, respondió mi hermana; muchos de ellos tuvieron participación política, y una de las que se involucró en ella fue Alicia. Entonces yo dije: Es por eso que él quiso buscarla, tanto tiempo después; porque él la había introducido en la política y él había seguido viviendo y ella estaba ahora muerta. Mi hermana puso una mano sobre mí y luego se marchó al final del pasillo, donde yo no la veía.

27

En uno de los libros de mis padres encontré unos extractos sobre el último sitio en que vieron con vida a Alicia Burdisso. Mi padre había apuntado, con un lápiz y con una mano temblorosa: «La Jefatura Central de Policía, el Comando Radioeléctrico, el Cuartel de Bomberos y la Escuela de Educación Física, todos ellos ubicados en la capital de la Provincia [de Tucumán]. La Compañía de Arsenales "Miguel de Azcuénaga", El Reformatorio y El Motel en las proximidades de la misma. Nueva Baviera, Lules y Fronterita en diversas localidades del interior. [...] doble alambrada de púas, guardias con perros, helipuertos, torres de vigilancia, etcétera. [....] Los detenidos que pasaron por estos sitios lo hicieron en su mayoría por cortos períodos, para luego ser trasladados. Existe la seria presunción de que, en muchos casos, el traslado culminaba con el asesinato de los prisioneros. "Los presos eran traídos a la 'Escuelita' en coches particulares ya sea dentro del baúl, en el asiento trasero o recostados sobre el piso. De la misma forma eran sacados, y por lo poco que se sabía, cuando ello ocurría, la mayoría iban a ser ejecutados. Si algún detenido moría, se esperaba la llegada de la noche y luego de envolverlo en una manta del Ejército se lo introducía en uno de los coches particulares que partía con rumbo desconocido" (del testimonio del gendarme Antonio Cruz, Legajo 4636). "A los condenados a muerte se les ponía una cinta roja en el cuello. Todas las noches un camión recogía a los sentenciados para trasladarlos al campo de exterminio" (del testimonio de Fermín Nuñez [sic], Legajo 3185). [...] En pleno centro de la ciudad de San Miguel, la Jefatura Central de Policía, que ya funcionaba como lugar de torturas, se transformó [...] en Centro Clandestino de Detención. En esa época era Jefe de Policía de Tucumán el Teniente Coronel Mario Albino Zimermann [...]. Lo secundaban el Comisario Inspector Roberto Heriberto Albornoz [...] y los comisarios José Bulacio [...] y David Ferro [...]. El Ejército se reservaba el control de este lugar a través de un supervisor militar. El responsable del área de seguridad 321, Teniente Coronel Antonio Arrechea, perteneciente a la V Brigada, visitaba el centro y asistía a las sesiones de tortura [...]. El vecindario escuchaba las quejas y clamores de las víctimas y, a menudo, tiros disparados por ráfagas que correspondían a simulacros de fusilamientos o, simplemente, a fusilamientos».

28

En uno de esos centros, en el de la Jefatura Central de Policía, había sido vista por última vez Alicia Burdisso, y mi padre había subrayado este nombre con una tinta roja que había trazado algo que parecía un surco o una herida.

30

Al leer esto comprendí que el sueño que había tenido había servido de advertencia o de recordatorio para mi padre y para mí, y que en él la transformación de la palabra «verschwunden» (desaparecido) en «Wunden» (heridas) correspondía a lo sucedido a mi padre, y que la de la palabra «verschweigen» (callar) en «verschreiben» (recetar) tenía que ver con lo que me había sucedido a mí, y pensé que era el momento de poner punto final a todo ello. Mientras las pastillas se disolvían lentamente en el agua del váter y comenzaban a transportar su mensaje de alegría infundada a peces que lo recibirían con sus pequeñas bocas abiertas al final de la red de cloacas, ya en el río, pensé que iba a tener que hablar con mi padre, si eso era posible algún día, y dilucidar todas las preguntas que tenía si algún día él y yo podíamos volver a hablar, y que esa tarea, la de averiguar quién había sido mi padre iba a ser una tarea que me iba a ocupar durante un largo tiempo, quizá hasta que yo fuera padre algún día, y que ninguna pastilla podía hacer eso por mí. También comprendí que tenía que escribir sobre él y que escribir sobre él iba a consistir ya no tan solo en averiguar quién había sido él, sino también, y sobre todo, cómo escribir sobre el padre, cómo ser un detective del padre y reunir toda la información disponible pero no juzgarlo y ceder esa información a un juez imparcial que yo no conocía y tal vez no fuera a conocer nunca; pensé en la parábola desafortunadamente ejemplar sobre el destino de los desaparecidos, de sus familiares y de los intentos de reparación de algo que no puede ser reparado que conllevaba una segunda simetría en esta historia que se superponía a la del hermano desaparecido y la hermana desaparecida: mi padre y yo estábamos buscando a una persona, yo a mi padre y él a Alberto Burdisso pero también, y sobre todo, a Alicia Burdisso, que había sido su amiga durante la adolescencia y que, como él, militó durante el período del que estamos hablando y fue periodista y murió. Mi padre había comenzado a buscar a su amiga perdida y yo, sin quererlo, había empezado también poco después a buscar a mi padre y ése era un destino argentino. Y me pregunté si todo aquello no era también una tarea política, una de las pocas que podía tener relevancia para mi propia generación, que había creído en el proyecto liberal que arrojara a la miseria a buena parte de los argentinos durante la década de 1990 y les había hecho hablar un lenguaje incomprensible que debía ser subtitulado; una generación, digo, que había salido escaldada pero algunos de cuyos miembros no podíamos olvidar. Alguien alguna vez había afirmado que los hijos serían la retaguardia de los jóvenes que en la década de 1970 habían peleado una guerra y la habían perdido y yo pensé también en ese mandato y en cómo ejecutarlo, y pensé que una buena forma era escribiendo algún día acerca de todo lo que nos había sucedido a mis padres y a mí y esperando que alguien se sintiera interpelado y comenzase también sus pesquisas acerca de un tiempo que no parecía haber acabado para algunos de nosotros.

31

Un día recibí una llamada de la universidad alemana en la que trabajaba. Una voz femenina, que yo imaginaba surgiendo de un cuello recto que se extendía desde una barbilla pequeña hasta el cuello ligeramente abierto de una camisa, en una oficina pequeña llena de plantas que olía a café y a papel viejo, puesto que todas las oficinas alemanas son así, me dijo que debía reincorporarme al trabajo o se verían obligados a rescindir mi contrato. Yo le pedí un par de días para pensarlo, y escuché el eco de mi voz a través del teléfono hablando en una lengua extranjera. Entonces la mujer asintió y colgó y yo pensé que tenía dos días para decidir qué haría, pero también pensé que no hacía falta pensarlo: yo estaba allí y tenía una historia para escribir y era una historia de las que pueden hacer un buen libro porque tenía un misterio y tenía un héroe, un perseguidor y un perseguido, y yo ya había escrito historias así y sabía que podía volver a hacerlo; sin embargo, también sabía que esa historia había que contarla de otra forma, con fragmentos, con murmullos y con carcajadas y con llanto y que yo tan solo iba a poder escribirla cuando ya formase parte de una memoria que había decidido recobrar, para mí y para ellos y para los que nos siguieran. Mientras pensaba todo esto de pie junto a la mesa del teléfono vi que había comenzado a llover nuevamente y me dije que iba a escribir esa historia porque lo que mis padres y sus compañeros habían hecho no merecía ser olvidado y porque yo era el producto de lo que ellos habían hecho, y porque lo que habían hecho era digno de ser contado porque su espíritu, no las decisiones acertadas y equivocadas que mis padres y sus compañeros habían tomado sino su espíritu mismo, iba a seguir subiendo en la lluvia hasta tomar el cielo por asalto.

32

Alguien dijo en cierta ocasión que hay un minuto que se escapa del reloj para no tener que suceder nunca y ese minuto es el minuto en el que alguien muere; ningún minuto quiere ser ese momento, y huye y deja el reloj haciendo gestos con sus manecillas y con cara de imbécil.

33

Quizá haya sido eso, quizá fuese la renuencia de un minuto a ser el minuto en que alguien deja de respirar, pero el hecho es que mi padre no murió: finalmente, algo lo hizo aferrarse a la vida y abrió los ojos y yo estaba allí cuando lo hizo. Creo que quiso decir algo, pero yo le advertí: Tienes un tubo en la garganta, no puedes hablar, y él me miró y luego cerró los ojos y pareció que, por fin, descansaba.

35

La última vez que estuve en el hospital mi padre seguía sin poder hablar pero estaba consciente y su pulso se había estabilizado y parecía que pronto podría volver a respirar sin asistencia mecánica. Mi madre nos dejó a solas y yo pensé que tenía que decirle algo, que tenía que contarle lo que había descubierto de su búsqueda de los hermanos desaparecidos y lo que eso me había inducido a recordar y cómo yo había decidido comenzar a recordar allí y entonces, dispuesto a recuperar una historia que era la suya y la de sus compañeros y también la mía propia, pero no supe cómo hacerlo. Entonces recordé que llevaba un libro conmigo y empecé a leerle; era un libro de poemas de Dylan Thomas y yo estuve leyendo hasta que la luz que se colaba por la ventana de esa habitación de hospital se apagó por completo. Cuando eso sucedió, creí que podía llorar en la oscuridad sin que mi padre me viera y estuve haciéndolo un largo rato. No sé si mi padre lo hizo también. En la oscuridad, yo solo reconocía su cuerpo inmóvil en la cama y su mano, a la que yo estaba aferrado. Cuando pude volver a hablar le dije: Aguanta, tú y yo tenemos que hablar pero ahora tú no puedes y yo no puedo; sin embargo, algún día quizá podamos, de esta forma o de otra, y tú tienes que aguantar hasta que llegue ese día. Entonces solté su mano y salí de la habitación y seguí llorando un rato en el pasillo.

36

Esa noche antes de coger el avión me puse a mirar con mi madre las fotografías que mi padre me había hecho con su cámara Polaroid cuando era un niño. Yo me había desdibujado en ellas; pronto mi pasado se habría borrado completamente y mi padre y mi madre y mis hermanos y yo íbamos a estar unidos también en eso, en la desaparición absoluta.

37

Mientras mirábamos esas fotografías que habían comenzado literalmente a borrarse entre nuestros dedos, le pregunté a mi madre por qué mi padre había buscado a Alicia Burdisso y qué había querido encontrar realmente. Mi madre dijo que a mi padre y a ella les hubiera gustado que sus compañeros y aquellos con los que habían compartido la lucha, los que habían conocido y los que no habían llegado a conocer nunca, aquellos a los que por las reglas más simples de seguridad habían conocido solo con nombres de guerra absurdos como los que ellos mismos llevaban no hubieran muerto como murieron. A tu padre no le apena haber peleado la guerra: solo le apena no haberla ganado, dijo mi madre. A tu padre le hubiera gustado que las balas que mataron a nuestros compañeros hubieran recorrido un largo trayecto y no tan solo unos pocos metros, y que ese trayecto se hubiese podido contar en miles de kilómetros y en años de recorrido para que todos hubiéramos tenido tiempo de hacer lo que teníamos que hacer, y a tu padre le hubiera gustado que sus compañeros hubieran aprovechado ese tiempo para vivir y escribir y viajar y tener hijos que no les comprendieran, y que solo después hubieran muerto. A tu padre no le hubiera importado que sus compañeros hubieran vivido para traicionar a la revolución y a todos sus ideales, que es lo que todos hacemos al vivir porque vivir es prácticamente tener un proyecto y esforzarse por que nunca suceda, pero sus compañeros, nuestros compañeros, no tuvieron tiempo. A tu padre le hubiera gustado que las balas que los mataron les hubieran dado tiempo de vivir y de dejar hijos que quisieran entender y fueran detrás de ellos tratando de comprender quiénes habían sido sus padres y qué habían hecho y qué les habían hecho y por qué todavía seguían vivos. A tu padre le hubiera gustado que nuestros compañeros murieran así y no torturados, violados, destrozados, arrojados desde aviones, hundiéndose en el mar, baleados en la nuca, en la espalda, en la cabeza, con los ojos abiertos viendo el futuro. A tu padre le hubiera gustado no ser de los pocos que sobrevivieron porque un sobreviviente es la persona más sola del mundo. A tu padre no le hubiera molestado morir si a cambio había una posibilidad de que alguien lo recordara y que después decidiera contar su historia y la de las personas que fueron sus compañeros y marcharon con él al puto final de la historia. Quizá pensó, como solía hacerlo a veces: «Que por lo menos quede algo escrito», y que lo escrito sea un misterio y que sirva para que mi hijo busque a su padre y lo encuentre, y que encuentre con él a quienes compartieron con su padre una idea que solo podía terminar mal. Que buscando a su padre sepa qué sucedió con él y con los que él quiso y por qué todo eso es lo que él es. Que mi hijo sepa que pese a todos los malentendidos y las derrotas hay una lucha y no se acaba, y esa lucha es por verdad y por justicia y por luz para los que están en la oscuridad. Eso dijo mi madre un momento antes de cerrar el álbum de fotografías.

40

A veces todavía sueño con mi padre y con mis hermanos: el camión de bomberos pasa de largo camino del infierno, y yo pienso en esos sueños y después los apunto y los guardo en un cuaderno y se quedan allí, como fotografías de cumpleaños de cuando yo tenía siete años y me reía con una risa en la que faltaban dos o tres dientes y esa ausencia era la promesa de un futuro mejor para todos. A veces pienso también que quizá yo no pueda nunca contar su historia, pero que debo intentarlo de todas formas, y también pienso que, aunque la historia tal como la conozco sea incorrecta o falsa, su derecho a la existencia está garantizado por el hecho de que también es mi historia y por el hecho de que mis padres y algunos de sus compañeros siguen con vida; si esto es verdad, si no sé contar su historia, debo hacerlo de todos modos para que ellos se vean compelidos a corregirme y hacerlo con sus propias palabras, para que ellos digan las palabras que sus hijos nunca hemos escuchado pero que necesitamos desentrañar para que su legado no resulte incompleto.

41

Una vez mi padre y yo nos internamos en un monte y mi padre comenzó a explicarme cómo orientarme observando la situación del musgo en el tronco de los árboles y la posición de ciertas estrellas; llevábamos sogas y él procuró enseñarme cómo anudarlas a los troncos y ascender o descender por una pendiente valiéndome de ellas; también me explicó cómo camuflarme, cómo encontrar rápidamente un escondite y cómo moverme por el monte sin ser advertido. A mí estas enseñanzas me resultaban indiferentes por entonces, pero volvieron a mi cabeza cuando cerré la carpeta de mi padre. En ese momento me pareció que lo que mi padre había querido enseñarme en aquella ocasión, en aquel absurdo juego de guerrilleros en el que me vi involucrado sin quererlo, era cómo sobrevivir, y me pregunté si ésa no había sido la única cosa que había procurado enseñarme a lo largo de los años. Mi padre había reconocido en mí al niño enfermizo y tal vez indefenso que quizá él mismo fuera en su infancia, y procuró endurecerme exhibiendo ante mis ojos el aspecto más brutal de una naturaleza esencialmente trágica; así, durante nuestras visitas al campo, tuve que asistir a la matanza de vacas, gallinas y caballos cuyas muertes eran parte del aire en el campo pero en mí iban a dejar una huella de miedo imborrable. La exhibición de la naturaleza brutal del mundo y de la escasísima distancia que separaba la vida y la muerte de las cosas no hizo de mí un niño más fuerte, sino que instaló en mí un terror indefinible que me acompaña desde entonces. Ahora bien, quizá la confrontación con el terror fuera la forma escogida por mi padre para ahorrármelo, tal vez su exhibición tuviera como finalidad hacer de mí alguien indiferente a él o, por el contrario, alguien con la suficiente conciencia de él para aprender a velar por sí mismo. A veces también pienso en mi padre junto al pozo donde fue encontrado Alberto José Burdisso y me imagino estando a su lado. Mi padre y yo entre las ruinas de una casa a unos trescientos metros de un camino rural poco transitado, apenas unas paredes y unos montículos de ladrillos y escombros entre árboles de paraíso y ligustros y malezas, y los dos allí contemplando la boca negra del pozo en el que yacen todos los muertos de la Historia argentina, todos los desamparados y los desfavorecidos y los muertos porque intentaron oponer una violencia tal vez justa a una violencia profundamente injusta y a todos los que mató el Estado argentino, el Estado que gobierna sobre ese país donde tan solo los muertos entierran a los muertos. A veces nos recuerdo a mi padre y a mí deambulando por un bosque de árboles bajos y pienso que ese bosque es el del miedo y que él y yo seguimos allí y él sigue guiándome, y que quizá salgamos de ese bosque algún día.

EPÍLOGO

En el período comprendido entre los hechos narrados en este libro y el presente han tenido lugar varias novedades en lo que concierne a los destinos de Alicia Raquel Burdisso y de su hermano Alberto José Burdisso. *La Capital* de *osario publicó en su edición del día diecinueve de junio de 2010 la noticia de que el Juzgado de Sentencia Sexta de la provincia de Santa Fe condenó a veinte años de prisión a Gisela Córdoba y a Marcos Brochero por homicidio agravado por premeditación y alevosía, y a Juan Huck a siete años de cárcel por homicidio simple. Según Marcelo Castaños y Luis Emilio Blanco, autores del artículo, la Justicia determinó que los hechos sucedieron del siguiente modo:

Poco después del amanecer del domingo primero de junio, Gisela Córdoba, entonces de 27 años, salió hacia el campo junto a Brochero, de 32 (su esposo), Burdisso y Huck, de 61 años. Se movilizaron en un Peugeot 504 azul hasta llegar a una vivienda en ruinas ubicada a unos ocho kilómetros del casco urbano. La excusa era colectar leña para compartir un asado, algo que hacían con cierta frecuencia. / […] La Justicia estableció después que esa mañana, al pasar junto al pozo, Burdisso fue empujado, cayó 12 metros y golpeó contra el fondo, se quebró cinco costillas, se dislocó un hombro y se quebró el otro. Según el detalle de la autopsia, la víctima permaneció con esas lesiones durante tres días hasta que Brochero volvió al lugar, y al comprobar que permanecía con vida, rompió el brocal del pozo y tiró los escombros hacia adentro, agregó tierra, restos de la construcción, chapas y ramas. / »Lo tapió en vida. Fue macabro porque de los estudios surge que el hombre tenía tierra en la boca y vías aéreas, o sea que intentó respirar bajo el material arrojado», comentaba por esos días una fuente tribunalicia. La autopsia indicó «muerte por asfixia por confinamiento». / »[…] La pareja ahora condenada se había aprovechado del trebolense desde hacía tiempo. Córdoba simulaba una relación con él y se había llevado la mayor parte de una indemnización de más de 200 mil pesos que había cobrado la víctima. / »Mediante falsos argumentos se adueñó poco a poco del dinero producido por la venta de una casa y de un auto que Burdisso había comprado. También se apoderó de los muebles, electrodomésticos y le sacaban gran parte de su sueldo que recibía como empleado del club Trebolense. […] La semana anterior a la desaparición, Córdoba ofreció la vivienda en alquiler a un hombre apodado el «Uruguayo». […] El mismo día de la desaparición, Córdoba mostró la casa al «Uruguayo» y posteriormente firmaron un contrato de locación. / »La mujer creía además que era beneficiaria de un seguro de vida que tenía Burdisso por lo que después de haberlo ultimado pidió a Huck que lo sacara del pozo y lo tirara en algún lugar para que lo encontraran y se confirmara su muerte para exigir la compensación. Éste no accedió al pedido. / »La instrucción del homicidio [a cargo de Eladio García, titular del Juzgado de Primera Instancia en lo Penal de Instrucción y Correccional de San Jorge] duró hasta septiembre de 2008. En el medio hubo 17 personas detenidas, que fueron recuperando la libertad, hasta que se procesó a los tres condenados. […]

*

El rastro de Alicia Raquel Burdisso es, al igual que el de los miles de desaparecidos durante la última dictadura argentina, mucho más difícil de establecer, pero su nombre ha vuelto a ser mencionado, en esta ocasión por uno de los testigos del juicio al dictador Luciano Benjamín Menéndez, a cargo del Tribunal Oral Federal (TOF) de Tucumán, quien afirmó que la vio en el centro clandestino de detención que funcionó en la Jefatura de Policía de San Miguel de Tucumán; su testimonio estuvo basado en listas de detenidos confeccionadas en 1977 por Inteligencia de la Policía de Tucumán –cuyo responsable era por entonces Menéndez– en las que figuraba cuál había sido el destino que había tenido cada una de las víctimas. Alicia Burdisso fue asesinada en esa Jefatura durante ese año. En el juicio fueron condenados el antiguo jefe de la policía tucumana, Roberto Heriberto «El Tuerto Albornoz» (perpetua), el *ex* policía Luis de Cándido, responsabilizado por asociación ilícita agravada, violación de domicilio, privación ilegítima de la libertad y usurpación de inmueble y condenado a dieciocho años de prisión común, su hermano Carlos –recibió tres años de prisión de ejecución condicional por haber usurpado una casa que pertenecía a una de las víctimas–, y el propio Menéndez, a quien se condenó a cadena perpetua –la cuarta condena de este tipo que recibiese hasta el momento– por «los delitos de violación de domicilio, privación ilegítima de la libertad agravada, imposición de tormentos agravada, torturas seguidas de muerte y homicidio agravado por alevosía». En el juicio también había comenzado a ser juzgado el antiguo gobernador Antonio Domingo Bussi (84), quien fue apartado del proceso por razones de salud, mientras que dos de los militares acusados, Albino Mario Zimmerman (76) y Alberto Cattáneo (81), murieron respectivamente en marzo y mayo de 2010, lo que habla de la urgencia con la que estos juicios —y los juicios privados, la tarea de averiguar quiénes han sido los que nos han antecedido, que es el tema de este libro— deben ser realizados.

*

Aunque los hechos narrados en este libro son principalmente verdaderos, algunos son producto de las necesidades del relato de ficción, cuyas reglas son diferentes de las de géneros como el testimonio y la autobiografía; en ese sentido me gustaría mencionar aquí lo que dijera en cierta ocasión el escritor español Antonio Muñoz Molina, a modo de recordatorio y de advertencia: «Una gota de ficción tiñe todo de ficción». Al leer el manuscrito de este libro, mi padre creyó importante pese a ello hacer algunas observaciones con la finalidad de dar su visión de los eventos narrados y reparar ciertos errores; el texto que reúne esas observaciones, y que resulta el primer testimonio de la clase de reacciones que este libro pretende provocar en primer lugar, se encuentra disponible bajo el vínculo http://patriciopron.blogspot.com/p/el-espiritu-de-mis-padres-sigue.html con el título de «The Record Straight».

*

Quisiera agradecer aquí a las personas que han apoyado e incentivado la escritura de este libro y a los autores cuyas obras me han servido de inspiración y de referencia; entre ellos, a Eduardo De Grazia. Me gustaría agradecer también a Mónica Carmona y a Claudio López Lamadrid, mis editores en Random House Mondadori, y a Rodrigo Fresán, Alan Pauls, Graciela Speranza, Miguel Aguilar, Virginia Fernández, Eva Cuenca, Carlota del Amo y Alfonso Monteserín; también a Andrés «Polaco» Abramowski por la frase acerca del minuto que escapa del reloj para nunca tener que pasar. Este libro es para mis padres, Graciela «Yaya» Hinny y Ruben Adalberto «Chacho» Pron, y para mis hermanos, Victoria y Horacio, pero también para Sara y para Alicia Kozameh, para «Any» Gurdulich y Raúl Kantor y para sus compañeros y sus hijos. Este libro también es para Giselle Etcheverry Walker: «She is good to me / And there's nothing she doesn't see / She knows where I'd like to be / But it doesn't matter».

LOS PASTORES DE LA NOCHE
de Jorge Amado

"Apacentábamos la noche como si fuera un rebaño de muchachas, de inquietudes vírgenes en la edad del hombre". Así empieza *Los pastores de la noche*, un libro exuberante que vuelve a recordarnos las leyes del placer que rigen la naturaleza humana. Los entrañables personajes de esta novela —desde el capitán Marítim, desgraciado en su matrimonio, hasta Tiberia, la sabia patrona del burdel más prestigioso del lugar, sin olvidar a Beatriz, la célebre echadora de cartas— viven y respiran las estrechas calles de la ciudad más fascinante de Brasil, San Salvador de Bahía, y hacen buenas las palabras del propio Amado: "Cuento cosas que pasaron de verdad. Quien no quiera oír, que se largue". Entre delirios de amor, aullidos de pasión y largas charlas delante de un buen vino, los hombres y mujeres de Amado celebran la fragilidad de los seres humanos, que se reconocen en la imperfección más absoluta y tierna.

Ficción

CORAZÓN TAN BLANCO
de Javier Marías

Pocos meses después de su viaje de novios y sin aún haber podido, o querido, adaptarse a su cambio de estado, Juan se entera casi sin querer de que Teresa, la primera mujer de su padre, se quitó la vida al regreso de su propia luna de miel. Sólo una persona conoce el porqué y ha guardado durante años ese oscuro secreto. A partir de ese momento, el narrador sentirá un creciente malestar —un "presentimiento de desastre"— respecto a su recién inaugurado matrimonio e intuirá que la explicación tal vez esté en el pasado y por tanto en su propio origen. *Corazón tan blanco* sutilmente desarrolla una fascinante doble acción: la del pasado misterioso y amenazante, y la del presente inestable y amenazado.

Ficción

TODAS LAS ALMAS
de Javier Marías

Todas las almas coincide con un nombre bien conocido en Oxford, el All Souls College, miembro del grupo de colegios que integran la famosa universidad. Con una buena dosis de humor negro, el narrador nos presenta una serie de cautivadores y extraordinariamente divertidos personajes: su amante casada, Clare Bayes, una mujer condicionada por algo que presenció pero que no recuerda; su amigo Cromer-Blake, un hombre que vive fabricando experiencias intensas para una vejez que prevé solitaria; el ya retirado y sagaz profesor Toby Rylands; y muchos otros, hasta llegar al enigmático escritor John Gawsworth.

Ficción

VINTAGE ESPAÑOL
Disponibles en su librería favorita.
www.vintageespanol.com